Vivre sa vie

비브르 사 비

Vivre sa vie

비브르 사 비

윤진서 산문집

그책

윤진서는 자신이 쓴 글을 나에게 보이며 영화로 만들어진다면 좋겠고, 내가 감독을 맡아 주면 더없이 좋겠다고 했다. 꽤나 당돌하고 귀여운 아가씨라고 생각하며 가벼운 마음으로 글을 읽었다. 그녀의 글은 시나리오도 아니고, 소설도 아니고, 에세이라고 정의 내리기도 힘든, 상념과 감각을 나열한 '문장'이었다. 하지만 문체는 간결했고 그 안에 담긴 감정은 풍부했다. 그녀의 글에 등장하는 인물들은 매사에 망설이지 않았고, 엉뚱한 일에도 용기를 냈고, 가진 것에 비해 자신감이 넘쳐 보였다. 또한 타인의 사랑에는 관대한 반면, 자신의 사랑에 대해서는 강한 집착도 보였다. 나는 글을 읽으며 차츰 그녀의 주인공들에게 마음이 열려가는 것을 느꼈다. 그러자 배우 윤진서에 대해서도 흥미가 생겼다. 그녀는 자신에게 벌어진 현상들의 의미를 이해하고 싶어 했고, 행복을 지향했으며, 흐르는 시간들이 남기고 가는 것들을 언어로 붙잡고 싶어 했다. 그녀가 쏟아놓은 감정의 파편으로 인해 우리는 곧 좋은 친구가 되었다.

친구가 되어 바라본 윤진서의 이십 대의 끝은 참으로 다사다난했다. 윤진서만의 고유한 일도 있겠지만, 삼십 대를 맞이하는 배우들이라면 으레 겪는 고충도 곳곳에 산재했다. ‘그냥 확 결혼을 해버릴까 아니면 계속 연기를 해야 할까, 이번 작품을 위해 꼭 옷을 벗어야 하는 걸까, 맘에 드는 작품을 기다려야 할까, 너무 오래 쉬었으니 조금 부족해 보이는 작품이더라도 하는 게 옳을까, 그 남자는 내가 배우라서 한번 찔러보는 걸까 아니면 내게 진정 관심이 있어서 저러는 걸까’ 등등.

나는 그녀의 고민에 모두 답을 해 줄 만큼 혜안을 갖고 있지 못하니, 대신 문장으로 그 생각들을 쓰라고 조언해 주었다. 쉽게 답을 찾기 어려운 생각들을 말로 하면, 자칫 무서운 화살이 되어 심장을 겨눌 수도 있으니, 차라리 그 시간에 책상에 앉아 단어와 문장들로 빈 문서를 채우는 편이 낫다는 생각에서였다.

하나의 주제에 대해 글을 쓰고, 그것들이 쌓이면 쓸모 있는 문장과 상투적인 표현을 걸러내어 세상에 꺼내 놓도록 해. 때로는 자기 안에 갇혀 남들에게 보일 기회가 없을지도 모르지만, 그건 그것대로 영원히 세상 밖으로 나오지 못한 채 묻혀도 좋지 않을까.

나 역시 그렇게 나와 함께 사라지게 될 글을 써두곤 한다. 하지만 그녀는 달랐다. 그녀는 쓸모 있는 문장들을 재빠르게 골랐고, 세상에 내보낼 것과 아닌 것들 구분해 편집을 마쳤다. 나는 그녀가 왜 벌써 그 글들을 바깥세상에 내놓고 싶어 하는지 쉽게 이해가 가지 않았다. 곰곰이 생각했다. 어쩌면 윤진서는 사람들과 직접 소통하고 싶어서 그리 결심한 것인지도 모른다. 영화 속 등장인물이 아니라, 온전한 그녀 자신의 모습으로 사람들과 만나고 싶었기 때문인 것 같다. 이 산문집은 아마도 그녀와 사람들 사이에서 가장 오해가 없을 소통의 방식일 것이다.

배우는 자신을 비우고 다른 인생을 살아내는 직업이다. 때문에 작품이 끝나면 거울 속에 비친 자신의 눈이 텅 비어버린 것 같다고 말하는 이들도 적지 않다. 그때 그들이 느끼는 허무는 우리가 상상하는 것보다 훨씬 더 아프고 힘들 것이다. 그래, 어쩌면 진서는 잃어버린 자신을 찾기 위해 글을 쓰기 시작한 것이리라. 자기 안에 자리한 진짜 '나'를 찾기 위해. '나'를 배우기 위해.

여기. 자신을 탐구하는 새로운 방식으로 글을 쓰고, 관객과 독자들에게 다가갈 준비가 된 윤진서가 있다. 부디 그 과정에 오해와 억측이 없었으면 좋겠고, 지지와 격려가 많았으면 좋겠다.

진서야 사랑한다. 그래서 너에게 배운다.

2013년 여름, 정재은

Prologue

어느새 다시 여름이 다가왔다. 성큼.
살은 점점 여름과 어울리는 색으로 변해 가고
사람들은 내게 말한다.
살이 참 잘 탄다고.
하지만 사실은 그렇지 않다.
살갗이 하얀 엄마를 닮은 나는
햇볕 아래서 벌겋게 익기만 할 뿐,
금세 하얘지는 타입이었다.
그런데 이상하게도 인도에서 몇 달, 남유럽에서 몇 달을 보내
고 나니 살갗은 스폰지가 물을 빨아들이듯 햇빛을 머금는다.
여름이면 그런 내 살을 보는 게 좋다.
온몸이 여름을 받아들이고 있는 것 같아서.
나는 그렇게 뜨거운 사람이고 싶다.

내 귀에 들리는 게 많았으면 좋겠고,
내 눈에 보이는 게 더 많았으면 좋겠다.
그렇게 채워서 가는 인생이고 싶다.
세상이 좋다는 것에 흔들리지 않고,
내게 가치 있는 것을 찾을 줄 아는 사람이고 싶고,
작은 것도 잘 찾아내어 쉽게 감동하는 마음으로 살고 싶다.
그렇게 스치는 게 많아 가슴에 자국이 많은 사람이고 싶다.

2013 아직 끝나지 않은 여름, 윤진서

목 차

1

내가 하고 싶은 여행은
새로운 보금자리를 찾는 눈으로 낯선 장소를 바라보고,
어디에서라도 살 수 있을 것 같은 마음으로 집을 떠나오는 것.

그러니까, 무작정 비행기 티켓을 끊고 떠난다고 해서 그것
이 여행은 아니니까. 내가 하고 싶은 여행은 새로운 보금자
리를 찾는 눈으로 낯선 장소를 바라보고, 어디에서라도 살
수 있을 것 같은 마음으로 집을 떠나오는 것. 그래서 더욱
설레고, 더욱 까다롭지만, 조그마한 아름다움에도 크게
감동하며 헤프게 웃다가 오는 것. 내가 아닌 내가 자꾸 튀
어나와서 당황도 하지만 그마저도 잊힐 만큼 취해서 그런
나를 마음껏 즐기다가 오는 것. 그게 바로 여행.
완전한 내가 될 수 있는 방법.

하루키식 레시피

"진서, 너는 왜 하루키를 좋아하니?"
"하루키가 샌드위치 만드는 법을 가르쳐 줬어요."

샌드위치라는 것이 밖에 나가면 흔하게 먹을 수 있는 음식이지만, 막상 집에서 만들려고 하면 무슨 재료를 어떻게 넣어야 할지 고민이 된다. 여차하면 그 돈으로 밖에 나가 사먹는 편이 훨씬 나을 때도 있으니까. 게다가 김치찌개라면 눈감고 끓일 만큼 요리를 잘하는 엄마조차 집에서는 샌드위치를 만들어 준 적이 없으니, 어려서부터 샌드위치는 자연스레 밖에서 사먹는 음식으로 인식되었다.

무라카미 하루키를 탐독하던 고등학교 시절을 지나 성인이 되었을 즈음 나는 냉장고 문을 열고 그날의 기분에 따라 과일, 채소, 감자, 고구마, 치즈 등 냉장고에 든 아무 재료를 꺼내 들고 부엌에서 콧노래를 부르며 뚝딱뚝딱 샌드위치를 만들 수 있게 되었다. 집에서 만든 샌드위치를 먹어본 적이 없던 내가 식빵 속에 다양한 재료를 넣고 샌드위치를 만들 수 있게 된 것은 분명 하루키 덕분이다. 친절하게도 그는 소설 속에 음식의

맛부터 만드는 법, 어디서 어떤 자세로 먹을 것이며, 먹은 후에 다시 밀려드는 외로움에 대처하는 방법까지도 가르쳐 주었던 것이다. 하루키와 둘도 없는 친구 사이(왠지 하루키 책을 읽고 나면 그와 친구가 되었다는 느낌이 든다)가 된 나는 소설 속 레시피를 참고해 간단하지만 맛있는 샌드위치를 만들어 맥주 한 캔을 손에 쥐고 덩실덩실 춤을 춰가며 여유를 부릴 줄도 알게 되었다. "역시 내가 만들어 먹는 샌드위치가 제일 맛있지"라는 감탄사도 넣어가며 말이다.

하루키는 내게 난생처음 샌드위치를 만들어 볼 용기를 주었고, 들어본 적 없는 재즈를 듣고 싶게 만들었다. 그리고 어느새 그는 내게 둘도 없는 친구에서 아버지와도 같은 존재가 되어 있었다.

아버지에게 사랑을 받으며 자라는 또래 아이들이 나는 늘 부러웠다. 아버지한테 용돈을 받고 아버지 손에 이끌려 멋진 곳에 가는 것은 나중에 내가 벌어서 하면 그만이라고 생각했지만, 인생을 살아가는 법을 배우는 것은 결코 혼자서는 할 수 없는 일이라 여겼기 때문이다. 때론 부모의 사랑 속에서 어리광을 피우는 친구들이 얄미워 질투심도 일었다. 그런 내게 혼자서도 살아가는 법을 배울 수 있다고 말해 준 이가 바로 하루키였다. 외롭다는 건 때때로 굉장히 멋진 일이라고 말해 준 사람도 그였다.

나는 거의 매일 그의 책을 읽으며 소설 속에 나오는 샌드위치를 만들어 먹었고, 소설 속 등장인물에게서 외로움을 달래는 방법을 배웠다. 그들이 듣는 음악, 그들이 마시는 칵테일 등 아주 사소한 일상이 차츰 내 삶에도 깊이 스며들었다. 하루키의 문장에는 세상과 부딪쳤을 때 어떻게 대처해야 하는지 쓰여 있었고, 도망치고 싶을 땐 멀리 떠나보는 것도 좋다고 귀띔해 주었다. 하루키는 그것을 '여행'이라고 불렀다. 그리고 하루키의 숲에 사는 미도리, 아오마메, 유키가 있어 나는 더 이상 외롭지 않았다.

"넌 하루키가 왜 좋아?"
언젠가 또 다시 같은 질문을 받았다.
"그는 내게 살아가는 방법을 가르쳐 주었어. 난 아버지랑 같이 살지 못해서 그런 걸 가르쳐 줄 사람이 없었거든."
"그런 걸 아버지에게 배우는 사람은 별로 없어."

아, 그 순간 진심으로 나는 하루키와 그의 주인공들에게 감사했다. 그들이 없었다면 나는 너무도 외롭게 살았으리라. 스스로 외롭고 보호받지 못하는 존재라 여겨왔는데, 비로소 나는 그 같은 착각에서 벗어날 수 있었다. 그렇게 마음의 문을 열고 새벽을 통해 아침을 맞이한다.

엉덩이를 흔들어라.
음악 소리를 한껏 올려라.
아무도 깨어 있지 않은 새벽,
홀로 밤을 지킨다.
엉덩이를 씰룩대며 앞으로 나아가는
아프리카 전사처럼.
새까만 새벽하늘
드디어 밖으로 나갈 시간이다.
고요한 나무의 정령들도
이제야 정체를 드러내며 춤을 춘다.
외로워 말라.
눈을 감고도 볼 수 있는
밤의 태양이 내려오는 시간.
새벽의 동화가 시작된다.

07.18

CORKER

취향의 선택

언제부터인가 서점에 가면 중앙에 자리 잡은 베스트셀러보다 구석진 자리에 놓인 먼지 앉은 책들에 자꾸 눈이 갔다. 이야기하고 싶지만 들어 주는 사람이 없어 외로워하는 아이처럼 책에서는 서글픔이 묻어났다. 그러면 나는 부러 그것들을 읽어 나갔다. 그곳에서 좋은 문장을 발견하기란 그리 어려운 일이 아니다.

돌이켜 보면 영화에 빠질 때도 그랬다. 호화 캐스팅에 화려한 액션으로 무장한 할리우드 영화보다도 유럽의 저예산 영화에 마음이 끌렸다. 때론 작가 정신이 깃든 감독의 영화를 만나면 진짜 우리가 알아야 하지만 아무나 들을 수 없는 비밀 이야기를 듣는 특권이 주어진 것만 같아 좋았다. 비밀을 알고자 하는 욕망은 멈출 줄 모르고 자랐고, 나를 점점 애끓게 했다. 그리고 그것들은 서서히 내 삶을 점령해 갔다. 현실은 매일매일이 똑같아 시시해져 갔지만, 문학과 영화에는 살을 에는 듯한 고통도, 그것을 잊게 하는 환희도, 운명과도 같은 사랑도, 현실에는 부족한 무엇이 그 안에는 있었다. 나는 그곳에서 살고 싶었다.

중 앙 역

고등학교 2학년 여름방학은 상당한 문화 충격이 있었던 해이다. 상명대학교에서 고등학생을 대상으로 하는 영화교육 프로그램에 등록한 나는 그곳에서 만난 친구에게 영화 좀 봤다는 듯이 도도하게 물었다.

"가장 좋아하는 영화가 뭐야?"

"엄청 많지만, 굳이 하나를 고르자면 월터 살레스^{Walter Salles}의 〈중앙역〉."

"중……앙역?"

"아직 못 봤어? 한번 봐봐! 진짜 좋아. 넌 어떤 영화를 좋아하니?"

"어? 나는 〈타이타닉〉……."

"아……."

그 아이와의 대화는 내게 마치 이렇게 들렸다.

"넌 인형 중에 미미가 좋아? 쥬쥬가 좋아?"

"나? 난 바비가 좋은데?"

"바비?"

"응"

"아……."

나는 바비가 어떻게 생긴 아이인지 알지 못했다. 보고 싶었다. 만지고 싶었다. 같이 놀고 싶었다. 들어본 적도 없는 브라질 영화가 좋다고 말하는 친구의 이야기에 대학생 언니 오빠들은 고개를 끄덕였고, 그날 밤 나는 잠을 이루지 못했다.

다음 날 교육에서는 〈오픈 유어 아이즈Open your eyes〉(톰 크루즈가 주연한 영화 〈바닐라 스카이Vanilla Sky〉의 원작)라는 영화를 봤다. 난생처음 접하는 스페인 영화를 나는 그저 생경하고 신기한 마음으로 봤지만, 어제 만난 친구는 이미 몇 번이고 이 영화를 봤다는 듯이 교수님의 질문에도 막힘없이 요점을 잘도 찾아내어 토론에 임했다. 그에 반해 내 대답은 궁색하기 짝이 없었다.

영화교육 프로그램을 마치고 며칠 만에 집에 돌아와 허겁지겁 〈중앙역〉이라는 영화를 찾아보았다. 처음엔 다소 지루하게 느껴졌지만, 영화가 끝나자 뭔지 모를 기분이 밀려들었다. 감동이란 이런 걸 두고 하는 말일까? 나는 〈중앙역〉을 감독한 월터 살레스의 다른 영화를 몽땅 찾아보았다. 더불어 신대륙을 발견한 콜럼버스처럼 유럽 영화라는 미지의 세계에도 발을 들여놓았다. 지금까지 경험해 보지 못한 영화의 신세계에 나는 홀딱 빠져버렸고, 아직도 세상엔 재미있고 훌륭한 영화들이 많으며, 내가 본 영화는 그중 천분의 일도 채 되지 않음을 실감했다. 그리고 나는 그 사실에 흥분했다. 내일도 모레도 먼 훗날에도 영화는 계속 될 것이고, 내가 살아가는 모든 순간은 영화가 될 것이 분명했으니까.

수면의 영화

꿈꿀 수 있었다. 영화를 보고 있을 때는 마치 다른 세계로 가는 기차를 탄 것만 같았다. 도망치듯 그 속으로 빨려 들어갔다.

시험과 성적, 이성 친구로 고민하는 또래들과 달리 나는 보다 근본적인 고독과 사투를 벌였다. 그로 인해 친구들과의 거리는 점점 멀어져 갔다. 행복하고 따뜻했던 가정은 아니었으므로 나는 이를 대신할 세계를 만들고 싶었다. 하지만 학교는 그 세계가 될 수 없었다. 대신 영화야말로 내게 새로운 안식처가 되리라는 것만은 더욱 분명해졌다. 영화의 세상 속에서 나는 자유로웠다. 한 편의 세계가 끝나기가 무섭게 나는 새로운 세계를 찾아 나섰고, 쉼 없이 영화를 봤다. 마음에 드는 작품을 발견하면 영화 속 장면들을 상상하며 이후 이야기를 만들었고, 대사를 따라해 보기도 했다. 아침이면 꾀병을 부려 학교도 빠지고, 가족들이 모두 각자의 일터로 떠나기만을 기다렸다가 텔레비전 앞에 앉아 비디오를 켰다. 내겐 그때가 가장 행복한 순간이었다. 배우를 꿈꾸게 된 건, 어쩌면 떼려야 뗄 수 없었던 영화와의 운명 때문이었을 것이다.

이제 넘어진다 해도 아무도 일으켜 주지 않아.
무릎에 흐르는 피도 내가 닦아야지.

- 2002

별도 보이지 않는 밤에

배우를 꿈꾸던 스무 살, 여느 날과 다름없이 나는 거리를 걸었다. 바람에 헝클어지는 머리카락도 아랑곳하지 않고, 꿋꿋하게 온힘을 다해 걸었다. 혼자서 무언가를 견디며 걸어간다는 것은 내게 그리 익숙한 일이 아니다. 하지만 그날은 간절히 혼자이고 싶었다.

서울의 야경은 멋들어지게 밤하늘을 밝혔고, 싸구려 외투 사이로는 시린 밤공기가 파고들었다. 차가운 공기와 살갗이 일으키는 마찰은 눈앞에 펼쳐진 멋진 야경마저 이질적으로 만들었다. 까만 배경 아래 빼곡히 들어찬 불빛을 바라보며 서울에는 집도 사람도 참 많다는 걸 새삼 깨달았다. 세상은 그렇게 내게서 더욱 멀어진 듯했다. 돌계단에 앉아 흘러가는 강물을 한참 동안이나 바라보았다. 문득 강 건너로 보이는 불빛과 고흐의 그림만큼이나 아름다운 야경, 주위를 오가는 사람들 소리가 내게 무수히 많은 말을 건네 왔지만, 나는 아무것도 듣고 싶지 않았다. 공기는 여전히 차가웠고, 나를 이 추위 속에서 구원해 줄 것은 아무것도 없었다.

추위에 굳어버린 몸을 일으켜 발을 떼는 순간, 돌계단에 무릎을 찧었다. 청바지 위로 빨간 피가 배어 나왔지만, 더 이상 내게는 왜 그리 조심성이 없냐며 혼낼 사람도, 무릎에 흐르는 피를 닦아 주고 연고를 발라 주며 잔소리를 해 줄 사람도 없었다. 대학생이 되면 세상이 내 것 같이 움직여 줄 것만 같았지만, 오히려 혼자라는 두려움이 더욱 또렷하게 다가올 뿐이었다. 무서웠다.

혼자가 된다는 것은 이전에도 수없이 마주했던 경험이었다. 적어도 일찍이 사회생활을 시작한 언니 오빠보다도 혼자가 된다는 것을 잘 견뎌왔다고 자부했었다. 눈물로 보낸 학창시절을 견디면서 내세울 것이라고는 자신밖에 없었던 터라 나는 스스로를 더욱 강하게 만들어야 했다. 하지만 현실은 거대하고 무섭기만 했다.

아니, 이 두려움의 정체가 외로움임을 나는 알고 있었다. 성인이 되고 나서 겪는 외로움은 학생일 때의 그것과는 사뭇 달라서 무서움이라고 말해 버렸지만, 사실 그것은 외로움이었다. 그리고 나는 그 외로움이 사무치게 무서웠다.

대학생이 되니, 또래의 친구들은 옷이며 가방이며, 온갖 학용품을 새것으로 준비해 학교에 왔다. 마치 새사람으로 태어나기라도 한 듯이. 필요한 것들을 겨우 장만하느라 진땀을 뺀 나는 아이들과 마치 다른 세상에 살고 있는 것처럼 느껴졌다. 뭔가

대단한 일이라도 벌어질 것 같던 대학은 고등학교와 별반 다를 것이 없었다. 꿈에 그리던 연기를 배우러 대학에 들어갔지만, 그 시절 내가 가장 많은 시간을 보낸 곳은 아르바이트를 하며 에이브릴 라빈^{Avril Lavigne}의 앨범을 테이프가 늘어지도록 듣던 좁은 옷가게였다. 하지만 아침 열 시면 가게 문을 열고, 옷가게에 쌓인 먼지를 탈탈 털며 늘어진 테이프를 돌리던 그 시간마저도 나는 배우가 되기 위해 연습을 하는 것이라고 여겼다.

한 달에 한 번 월급날이면, 고민에 고민을 거듭하다 건너편 음반 가게에서 음반을 고르곤 했다. 재즈와 보사노바를 좋아하게 된 것도 몇 시간씩 가게 안을 서성이며 음반을 고르다 갖게 된 취향임에 분명하다. 돌이켜 보면 내 인생에서 그때만큼 음악에 기대어 살았던 적이 없는 듯하다. 두려움을 이겨내기 위해, 혹은 두려움에 사그라져버릴 것 같은 열정의 불씨를 되살리기 위해 부단히도 음악을 들었다. 고래고래 노래를 따라 부르던 옷가게 알바생은 배우가 될 재목임에 분명하다고 스스로 주문을 외며 빗자루 질에 몰두했다. 비록 오디션을 보러가기 위해 툭하면 일을 빼야 했던 터라 결국 얼마 못 가 잘리고 말았지만, 그 후 오디션에 당당히 합격해서 영화에 조연으로 출연했으니 그것만으로도 나는 기뻤다.

출연료로 받은 삼백만 원은 학비로는 모자랐지만, 이를 계기로 나는 다른 일상을 살기로 결심한다. 망설임이 없었다면 거짓말이겠지만, 내게는 변화가 필요했다.

그리고 여행

휴학을 하고 여행을 떠났다. 첫 해외여행이었다. 여행지는 오사카와 교토. 혼자 찾아간 공항에서 전광판을 보자 낯선 느낌에 사로잡혔다. 파리, 베를린, 도쿄, 홍콩, 런던, 뉴욕, 시드니 등 수많은 도시의 이름이 공항 전광판에 떠 있고, 공항 안은 오고 가는 비행기와 다양한 사람들로 북적였다. 마음만 먹는다면 세상 어디든 떠날 수 있다는 사실을 체감했다. 그때 받은 낯선 느낌은 아직도 생생하다. 마음에 응어리져 있던 두려움 덩어리가 산산조각 나서 여기저기로 흩어졌고, 나는 그만큼 가벼워졌다. 마치 무중력 상태의 깃털 같았다. 가끔 당시의 느낌을 낯선 공항에서 다시 느끼기도 하는데, 그러면 처음 걸음마를 뗀 아이처럼 마음에선 울렁울렁 파도가 일었다. 더, 더 먼 곳으로 가고 싶다. 더 낯선 땅으로 떠나고 싶다.

비행기 티켓과 호텔을 예약하고 여행지를 찾아가기까지의 여정, 다른 문화의 사람들과 말은 통하지 않지만 눈을 마주보고 소통하는 재미, 내 첫 여행은 그렇게 나를 자유의 세계로 이끌었고, 내 심장은 흥분으로 마구 뜀박질했다.

한 발 한 발 땅을 밀어내고, 다시 딛는 행위. 어려서부터 자연스레 익혀온 몸의 움직임으로 나는 더 넓은 세상으로 나아가고 싶었다. 어디로 향해, 무엇을 보아야 할지 고민을 하고 그렇게 한 걸음씩 온전히 내 힘과 의지로 어딘가를 찾아가 무언가를 들여다보는 선택을 한다.

길을 걷다가 마음에 드는 선술집을 발견하면 얼른 그곳으로 들어가 사케를 마시고, 우연히 마주친 여행자와 눈빛을 교환하고, 말도 통하지 않는 또래 친구와 밤새도록 술을 마시며 앞으로 살아갈 인생에 대해 이야기 한다.

낯선 곳에서의 만남, 새로운 경험들은 나를 자유롭게 했고, 나는 그 시간에 흠뻑 취했다. 어떤 이는 그런 나를 두고 '자유인'이라 불렀고, 그것은 마치 나의 새로운 이름처럼 느껴졌다. 그렇게 되고 싶었다. 사람들의 눈으로부터 자유롭고, 생각과 관념에서 벗어나 화가가 그림을 그리듯 인생을 그려가는 자유인이 되리라고 다짐했다.

TROCADÉRO
Musée
d'Art Moderne

파리의 연인

내가 좋아하는 여배우들은 모두 파리에 살았다. 〈네 멋대로 해라〉의 진 세버그Jean Seberg, 〈줄 앤 짐Jules And Jim〉의 잔느 모로 Jeanne Moreau, 〈비포 선라이즈Before Sunrise〉의 줄리 델피Julie Delpy, 〈몽상가들〉의 에바 그린Eva Green 모두 파리에 있었다. 그녀들을 보고 싶어 영화를 보고 또 보았다. 화면이 닳아 없어지기라도 할 것처럼. 전기세가 걱정될 만큼. 그녀들은 특별히 멋 부리지 않아도 아름다웠고, 감정에 호소하지 않아도 설득력이 있었다. 조용히 조근조근 말하며, 많은 표정 변화 없이도 캐릭터를 잘 표현했다. 그래서 더 현실감 있었고, 우아해 보이기까지 했다.

어느 날 친구 지선이가 물었다.

"왜 파리야? 많은 도시들을 다 가본 것도 아니면서 왜 그렇게 파리를 좋아해?"
"왜? 왜냐고? 당연하잖아!"

내 가장 오랜 벗인 지선이는 평범한 파리 유학생이었다. 재정 적 문제로 자주 이사를 다녀야 했던 지선의 두 번째 집은 화장

실까지 합쳐도 겨우 서너 평 남짓한 옥탑방 원룸이었지만, 집으로 가는 길에는 로댕의 집이 있어서 언제고 그 정원에 앉아 쉬어 갈 수 있었다. 샹젤리제에서 새벽까지 놀다 들어오는 날이면 하이힐에 혹사당한 발을 쉬게 하기 위해 한 손에는 하이힐을, 다른 한 손에는 바게트를 들고 맨발로 잔디를 밟으며 아침이 오기를 기다렸다. 물론, 개똥은 조심해야 하지만!

파리의 옥탑방이 더없이 로맨틱했던 이유는 높은 건물이 시야를 가로막는 일이 없었기 때문이다. 에펠탑이 그려진 하늘과 빼곡히 줄지어 선 지붕 아래 거리에는 새벽까지 삼삼오오 모여 담배를 피며 속삭이는 젊은이들이 눈에 띄었다. 프랑스 영화에서나 봤던 거리 풍경이 내 가슴에 선명하게 새겨졌다. 당시 첫 번째 음반을 발표한 카를라 브루니^{Carla Bruni}의 읊조리듯 노래하는 목소리는 나의 파리 무드를 한껏 고조시켜 주었다.

유리창 너머로 부산하게 머리를 흔들어 대는 나무.
구름은 새 떼처럼 무리지어 하늘을 점령하고
도시는 잿빛으로 물들어 간다.
파리가 몹시도 그리운, 파리의 냄새까지도
전해져 오는 날씨.
센티멘털한 기분에 빠지기에는 이런 날씨가 제격이다.
날 내버려둬요.
오늘만큼은 당신도 내게 친절할 필요 없어요.

Clinique
VICTOR HUGO
5 bis, Rue du Dôme
Institut Français de
Chirurgie de la Main
URGENCES MAINS PARIS 16

양파수프

적막하고도 건조한 겨울 파리. 하늘마저도 창백해 보이던 그날 서울에서 전화가 걸려왔다. 엄마였다. 엄마는 격양된 목소리로 내가 좋아하던 여배우의 이름을 대며, 그녀가 자살을 했다고 전했다. 엄마는 흥분을 가라앉히지 못하는 눈치였다. 그러면서 조심스레 나의 안부를 묻는다. 아니, 정확히 나의 감정 상태를 알고 싶은 거겠지. 나는 별말 없이 수화기를 내려놓으며, 과거로 빨려 들어가 듯 그녀의 눈빛을 기억해냈다.

그녀와 기차 안에서 몇 시간을 보낸 적이 있었다. 눈인사만 했을 뿐, 쉽게 말을 건넬 수 없었던 그녀의 표정이 아른거렸다. 뭐라 설명하기 힘든 슬픔이 가득했던 눈. 아무도 말을 건네길 바라지 않던 눈빛. 그녀의 죽음으로 인해 여배우로서 살아가며 겪어야 할 외로움이 한꺼번에 밀려드는 것만 같았다. 그 소식은 나를 아주 쉽게 우울의 구렁텅이로 밀어 넣었고, 한동안 나는 불행중독증에 걸리기라도 한 듯 슬픔 속에서 빠져나오지 못했다.

불현듯 창문 밖으로 큰소리가 들려왔다. 너무도 큰 소리에 깜짝 놀라 창문을 열어 보니, 사람들이 온 동네를 휘저으며 소리를 질러대고 있었다. 여기저기 부서진 간판과 깨진 유리창이 보였다. 거리에는 오로지 소리를 지르는 시위대만 있을 뿐, 평범한 시민은 자취를 감춘 듯했다. 죽음의 소식 뒤, 눈앞에서 일어난 폭력이라 더욱 무서웠다. 어떤 정보든 얻어야겠다는 생각에 반사적으로 텔레비전 전원을 켰다. 파리 곳곳에서 일어난 폭력 시위가 전파를 타고 흘러나왔다. 잘 알아듣지는 못했지만, 지하철과 관련된 문제가 터진 것 같았다. 생각해 보니 어학원 친구에게 파리의 지하철 문제에 대해 들었던 것이 기억났다. 가끔 지하철이 예고도 없이 안 다니기도 한다던 친구의 말. 파리엔 그런 일이 빈번하다고 했다. 하지만 자주 일어나는 일이라고 하기엔 너무 무서웠다. 그날, 한 번도 빠진 적 없던 어학원을 처음으로 결석했다. 그리고 온몸이 굳어버린 듯 창문 앞에서 미동도 않고 하루를 보냈다.

다시 죽음을 애도할 여유를 가질 수 있었던 건 여느 날과 다름없이 평온한 파리의 모습을 되찾은 후였다. 그러고 보니 화장실 가는 것도 잊고 오후를 보냈다. 저녁이 돼서야 허기진 배를 부여잡고 용기를 내어 아파트 문을 나섰다. "아무 일도 일어나지 않는다. 아무 일도 일어나지 않는다"는 주문을 반복하면서.

나는 항상 내일은 무슨 일이 일어나기를 바라며 잠들곤 했다. 하지만 그날의 사건들은 오늘이 어제만 같다면 좋겠다는 뜻밖의 바람으로 나를 인도했다. 아무 일도 일어나지 않고 지금만 같았으면 좋겠다는 말. 어디선가 한번쯤 들어본 것 같은 그 말.

평범하고 조용해 보이는 식당을 찾아 들어가 양파수프를 주문
했다. 평범하고 조용해야만 했다. 그게 좋았다.

일상을 아름답게 하는 것은 마음먹기에 달렸다.
특별함을 좇는 동안 평범함의 소중함을 잊고 있었다.
평범한 것은 그 자체만으로도 가치가 있는 건데 말이다.

02.22

SANGE

아름다워

꿈을 꾸는 것만 같다. 영화에서만 보던 배우들과 함께 식사를 하고, 농담을 하고, 같이 이동을 하며 시간을 여행한다. 왜 영화에 빠졌는지, 미칠 듯이 힘들지만 이곳에 있을 수밖에 없는 이유를 이야기하며 함께 아파한다. 영화에 취했듯 우리는 그렇게 살아간다. 아프면 아픈 대로 쏟아내고, 기쁘면 기쁨에 취해 영화를 만든다.

그리고 그곳에 내가 있다. 나를 가득 채운 충만함.
조금은 무섭게, 조금은 두렵게.
그 사실만으로 이미 내 인생은 아름다워졌다.

배 우 처 럼

한여름, 합천의 어느 시골학교에서 〈올드보이〉의 촬영이 있었다. 내가 촬영할 분량은 새벽 두세 시경에나 시작될 예정이었지만, 긴장을 풀어 보겠다며 아침 일찍부터 촬영장을 찾았다.

갖은 애를 쓰며 열 시간이 넘는 기다림의 시간을 보냈다. 하지만 그 어떤 것도 나를 긴장에서 구원해 주지는 못했다. 그 사이 내가 찍을 신의 촬영 준비는 점점 마무리되어 갔다. 상대 배우와 수백 번 대사를 맞춰 보았지만, 머릿속은 금세 하얘졌다. 웃으며 편하게 하라는 감독님 말씀에 나는 웃어 보려 애를 썼다. 촬영장에서만큼은 진짜 배우처럼 보이고 싶었다.

촬영이 시작되었다. 두 번 정도 했을까. 감독님은 됐다며 오케이 사인을 보냈다. 어디선가 오케이 사인 후에도 배우가 다시 해보겠다고 하면 스태프들은 굉장히 열심히 하는 배우라고 생각한다는 말이 떠올랐다. 나는 뭘 다시 해야 할지도 모른 채 "다시 해 볼게요"라고 말했다. 감독님은 "됐어. 잘 나왔어" 하며 웃으셨다. 아, 괜한 말을 했나 보다.

그렇게 첫 촬영이었던 과학실 장면은 끝이 났다. 무엇을 했는지 어리둥절하기만 했지만 무사히 끝났다는 사실에 안도감이 밀려왔다. 촬영 중에는 제법 담담했는데, 막상 숙소로 돌아와 혼자가 되니 긴장이 풀리며 온몸이 바들바들 떨려왔다. 촬영을 어떻게 했는지 기억도 나지 않았다. 그저 따뜻한 곳이 필요했다. 합천 어귀 작은 모텔 방 욕조에 따뜻한 물을 받아 몸을 담갔다.

며칠 뒤엔 댐에서 떨어지며 자살하는 장면을 찍어야 했다. 대사가 많지는 않았지만, 내가 해야 할 대사를 여러 버전으로 녹음해서 감독님께 들려드렸더니, 이런 것도 해왔냐며 기특해 하신다. 어떤 것이 좋다는 말씀은 없으셨지만.

합천댐은 백 미터가 넘는 아주 높은 댐이다. 그곳에서 몸에 와이어를 달고 한참을 매달려 있었다. 수없이 외우고 또 외워 온 대사를 뱉어냈다. 해뜨기 전에 준비해서 해가 질 때까지 매달렸다가 끝이 났다. 중천에 뜬 해가 눈을 찔러 카메라를 응시하는 데 애를 먹었고, 와이어에 장시간 매달려 있던 탓에 몸 구석구석이 고통을 호소했다는 것 외에는 기억나는 것이 거의 없다. 사람들은 혹여 내가 떨어질까 봐 카메라에 잡히지 않는 곳에서 내 발목을 잡고 있었던 것 같다. 사실 나는 그리 무섭지 않았다. 오히려 스태프들이 움켜잡은 발목이 시큰거렸다. 하지만 아프다는 말은 하지 못했다. 이번에는 감독님께도 다시 해보겠다는 말을 하지 못했다.

모든 촬영이 끝나고 서울로 돌아오자 바짝 긴장했던 몸과 마음이 풀어지며 이상한 기분에 젖어들었다. 다시 그 순간으로 돌아가고만 싶었다. 마치 독한 약에 취한 것처럼 촬영장에서의 순간순간이 머릿속을 맴돌며 웃음이 났다.

아, 영화를 만든다는 것은 영화 같은 일이다.

할 수 없이 영화를 더 많이 봤다. 촬영을 하는 건 내가 원한다고 할 수 있는 일이 아니니까. 나는 누군가에 의해 선택되어야 하는 '배우'니까.

Ready, Action, Cut

일 년 중 가장 춥다는 1월 중순, 겨울 바다 앞에 섰다. 바닷물로 들어가야 하는 촬영이 기다리고 있었다. 감독님은 물에 뛰어들어 '이 사람은 죽었겠구나' 하고 생각될 때쯤 나오라는 지시를 내렸고, 나는 한참 동안 바다를 바라보았다. 그곳에 내가 알던 바다는 없었다. 두려움. 일찍이 들어가 본 적 없는 겨울 바다에 대한 이질감. 차가운 바닷물이 안겨줄 매서운 추위에 대한 쓸데없는 정보, 동상에 대한 염려. 긴장감으로 온몸이 바짝 곤두선다.

그때였다. 도움이 되지 않겠느냐며 연출부가 내게 소주 한 병을 건넸다. 나는 고맙다고 말하며 곧바로 석 잔을 쉬지 않고 마셨다. 목으로 넘어가는 소주가 그토록 달게 느껴졌던 적이 있었을까. 마지막 한 방울까지도 남김없이 입안에 털어 넣었다. 소주 덕분인지 긴장이 다소 풀리기는 했지만, 당장 물에 들어가면 위험할 수 있으니 조금 쉬었다가 들어가라는 주위의 만류에 간이 의자에 앉아 잠시 숨을 돌렸다. 얼음장 같은 날씨 탓에 몸속 알코올은 이미 휘발되고 자취를 감춘 지 오래였다. 이왕이면 이 두려움도 함께 날아가면 좋았을 텐데. 아직 내 안의 두려움의 크기는 술을 마시기 전과 같았다. 몇 잔을 더 들이켰다. 추위 때문인지, 아니면 촬영을 앞두고 있어서인지 경직된 위장은 방패를 거머쥐고 소주 따위는 받아들이지 않을 태세를 취했다. 결국 나는 더욱 명료해지는 정신으로 홀로 겨울 바다 앞에 다시 섰다.

레디 액션!

물은 다리를 지나 허리까지 찼다. 몸의 절반이 물속에 잠겼지만, 아직 더 걸어 들어가야 했다. 차디찬 바다가 심장을 할퀴고, 귀와 눈을 멀게 했다. 바닷물이 정수리에 닿을 때 무릎을 굽혀 머리를 물속으로 끌어당겼다. 세상의 소음이 사라지며 이 땅에서 내 것이라 당당하게 말할 수 있는 모든 것이 바다에 잠겼다. 모두가 물에 잠긴 내가 죽었다고 여길 만큼 숨을 멈추고, 시간을 재며 바깥세상의 신호를 기다렸다. 멀찍이 떨어진 스태프들이 어떤 이야기를 하는지는 들을 수도 대답할 수도 없었다. 얼음처럼 차가운 물이 몸속을 점점 파고들수록 고요한 정막은 더욱 생생해져만 갔다.

오케이, 컷!

미리 준비된 따뜻한 물에 몸을 담갔다. 춥다는 말조차 나오지 않을 만큼 몸은 아무런 감각이 없었다. 싸워 이길 수 있는 추위가 아니었다. 바다는 왜 그리 고요하기만 했을까. 취했던 걸까?

다시, 공항이다.

바삐 오가는 사람들 사이에서 느껴지는 낯설음. 처음 왔을 때
는 환상적으로만 느껴지던 공간이 이제는 제법 현실적으로 다
가온다. 누군가는 비행시간에 늦고 또 누군가는 외국으로 가는
가족을 배웅하며 눈물을 훔친다. 익숙한 검은 머리의 사람들
사이로 다양한 색깔의 머리카락이 나풀거린다. 아, 벌써부터 기
내식이 기다려진다. 배는 고프지만 기분은 좋다. 그걸로 됐다.

사랑하는 사람과 함께라면 모르겠지만,
남겨두고 떠나면, 여행은 제대로 즐기지도 못한 채
돌아갈 날만 기대하게 되지.
생각해 봐!
돌아갈 날만을 기대하는 여행이라니, 볼품없어.
언제라도 모든 걸 접고 그곳에 남을 수 있는
용기로 떠나야 해.
그게 진짜 여행이니까.

2

바 다 를 만 난 후 로

나는 뜨거운 태양 아래 펼쳐지는 여름 바다와 함께 하기 위해
나머지 계절을 이겨낼 수 있게 되었다.

끝없이 펼쳐진 올리브 나무를 바라본다. 스페인 남부에서 중부지방으로 올라가는 기찻길에는 올리브 나무가 빼곡하게 자라 시야를 가득 메운다. 5시간이 지났지만 다른 건 보이지 않는다. 올리브 나무에는 햇빛을 머금고 탱탱하게 과육이 오른 열매가 맺혀 있다. 침이 고인다. 얼른 기차에서 내려 숙소에 짐을 풀고 올리브를 먹으며 머리끝까지 차오른 식욕을 떨쳐내고 싶다. 더디게 흘러가는 시간. 자세를 고쳐 앉고, 다시 끝없는 올리브 나무를 바라본다. 강렬한 햇빛에도 주눅 들지 않고, 허리를 꼿꼿이 세운 채로 저 나무들은 얼마를 살아 왔을까? 올리브는 스페인을 맛있게 한다. 강렬한 태양이 땅을 메마르게 할지라도 올리브 열매는 수분을 머금고 기묘한 기운을 풍긴다. 반지르르한 오일을 얼굴에 칠하고 세상을 유혹한다.

NTANA DE EM
ENTANA DE EMP

해변의 로망

부득이하게 촬영 스케줄이 잡히지 않는 한, 여름이면 모아 놓은 돈이 얼마든 몽땅 챙겨서 계절이 끝날 때까지 바다와 태양을 즐기러 떠난다. 그것은 내 삶에서 굉장히 중요한 일이 되었다. 영화 외에 매료된 것은 세상 사람들이 훌륭하다고 평하는 미술이나 공연도 아니고, 값비싼 보석도 아니다. 마음을 나누는 친구의 만류도 뿌리치고 떠나지 않고는 배길 수 없는 것, 그것이 바로 바다다. 바다를 만난 후로 나는 뜨거운 태양 아래 펼쳐지는 여름 바다와 함께 하기 위해 나머지 계절을 이겨낼 수 있게 되었다.

해변의 분위기는 특별하다. 따사로운 햇볕 아래 달궈진 사람들은 평소보다 흥분한 모습이다. 아침부터 마시는 칵테일과 맥주는 일상처럼 자연스럽고, 한 잔 마신 뒤 살포시 낮잠을 청하는 평온함은 여름이기에 가능한 사치다. 달착지근한 열대과일의 축제, 맨발로 지구를 비비며 다닐 수 있는 자유로움은 발끝으로 모래를 밟고 서 있는 자만이 누릴 수 있는 해방감이다. 푸른 바다 앞에서는 신경질적이고, 웃음조차 잊은 채 살아가는 사람들마저 시름을 모두 벗어던지고 순한 강아지처럼 배를 드러내고 자연 아래 눈을 감는다.

*

이렇게 좋은 곳까지 와서 왜 그러는지는 알 수 없으나, 바닷가에 앉은 남녀 커플이 스페인어로 쉴 새 없이 싸워댄다. 결국 울음을 터뜨리고 마는 여자. 너무도 서럽게 운다. 그녀의 표정과 숨소리가 내게 전해져 와 나마저 설움이 북받칠 것만 같다. 남자는 우는 여자를 달래려고도 하지 않고 그저 먼 바다만 바라볼 뿐, 두 사람 사이로 파도소리와 바람만이 스친다.

파도가 제법 거센 저녁녘, 혼자 식사를 하고 맥주병을 달랑거리며 모래사장을 걸었다. 어디선가 스페인어가 들려왔다. 아름다운 목소리를 가진 성악가조차 흉내 내지 못할 음색으로 아까 보았던 커플이 대화를 나누고 있다. 그들의 속삭임에 반딧불은 불을 밝히고 하루살이들은 춤을 춘다. 점점 고조되어가는 사랑의 대화. 남자의 손이 여자를 탐닉하기 시작한다. 키스에 열중한 여자는 자신의 몸 위에서 춤을 추는 손을 보지 못한다. 사랑의 황홀경에 빠진 그들에게 찬물 끼얹고 싶지 않은 관광객은 다시 걷는다. 설렘으로 펄떡거리는 심장을 달래기 위해 걸음을 내딛는다. 아직 내게 오지 않은 사랑도 언젠가는 찾아오리라 굳게 믿으며 바다 곁을 걷는다.

*

아내에게 기대어 잠든 노신사, 아리따운 여성의 뒷모습. 니스

74

해변은 이처럼 아늑하고 평화로우며 분위기가 좋다. 가끔 새들만이 지나가는 푸른 하늘 아래서 태닝을 하며 여유와 낭만을 누리는 시간. 겨울이 오면 지금 이 순간 내 몸 속에 저장해 둔 태양열을 에너지 삼아 살아갈 것이다. 그러니 조금만 더 태양을 즐기자. 온몸이 땀으로 흠뻑 젖으면 바다로 뛰어 들어가야지. 햇볕에 달아오른 몸을 식히기 위해 바다를 향해, 첨벙!

나는 8월생이다.

나는 나를 August라 부른다.

사자자리, Leo라고도 하고.

그렇게 불리면 기분이 좋다.

한여름의 사자가 되어 세상을 누비고 싶다.

– 여름, 어느 날

각자의 공간

어젯밤 마신 술로 현관문이 어디에 붙어 있는지도 모를 만큼 몽롱한 상태였지만, 해변에 벼룩시장이 섰다는 소식을 듣고 바닷가로 나갔다. 벼룩시장은 이미 세계 각지에서 모여든 사람들로 장사진을 이뤘고, 그 모습은 마치 사탕 주위로 모여든 개미 떼 같았다.

상인 가운데 아프리카 억양이 섞인 불어로 호객을 하는 남자가 눈에 띄었다. 대부분의 사람들은 그냥 그의 앞을 지나치지만 나는 그의 설명을 듣기로 했다. 그의 물건이 특별해서라기보다는 더 이상 걷기가 힘들었기 때문에.

남자는 그림을 팔았다. 맨발로 서서 그림을 설명하는 그는 우리나라 지하철에서 이천 원짜리 미용도구를 파는 이들을 떠올리게 했다. 그의 그림은 아프리카, 마드리드, 바르셀로나, 니스 등 여러 도시를 떠돌며 그곳 사람들을 그린 것이었다. 남자는 한 도시에서 몇 년씩 살면서 자신이 본 현지인의 모습을 그리는 삶을 산다고 했다.

머리 위에 짐을 이고 가거나, 밭일을 하는 아프리카의 여인들. 장터에서 물건을 파는 상인과 햇빛이 지겨운 듯 벽에 기댄 남자들. 그들의 까맣고 큰 눈은 표정 없이 허공을 바라보고 있다. 마드리드와 바르셀로나 풍경은 땡볕이 쏟아지는 잔디밭 위에서 한쪽 팔로 해를 가리고 누운 사람들의 모습이 대부분이다. 니스에서는 바닷가 방파도로에 엉덩이를 붙이고 눈을 감거나, 바다를 바라보고 있는 현지인들을 그렸다.

내 옆에서 이야기를 듣던 몇몇의 관광객들이 자리를 뜨고 나서 나는 그에게 다른 그림도 보고 싶다고 말했다. 그는 여기서 멀지 않은 곳에 친구와 함께 쓰고 있는 작은 작업실이 있으며, 그곳에 가면 자신의 그림을 더 볼 수 있다고 했다. 내가 당장 보고 싶다고 하자, 그는 뜻밖에 자신의 그림에 관심을 보이는 구경꾼을 만나 흥이 났는지, 펼쳐놓은 그림들을 순식간에 거둬들이고는 곧바로 길을 나섰다. 그는 내게 골목골목을 설명해 주며 자신의 작업실로 안내했다. 특히 메인 거리 바로 뒷골목은 밤이 되면 동성애자들의 유흥가로 돌변하니 조심하라는 충고도 잊지 않았다. 그의 설명을 들으며 나는 잽싸게 그곳의 도로명을 기억하려고 애썼다.

그의 작업실은 좁고 허름하기 짝이 없었다. 번화가에서 그리 멀지 않은 곳에 이런 곳이 있다니 신기하기만 했다. 그의 궁색한 생활이 고스란히 느껴지는 작은 화랑에는 500점도 넘는 그림이 사방에 놓여 있어 발 디딜 틈조차 없었다. 벽에 전부 걸 수가 없어 그림을 차곡차곡 쌓아올린 개미굴 같은 그의 작업실 풍경은 그의 영혼의 무게처럼 무겁게 느껴졌다. 우리는 의자 하나 놓을 공간도 없는 그의 작업실에 쪼그리고 앉아 몇 시간에 걸쳐 그림을 보았다. 남자는 친절하게도 옆에서 그림을 넘겨 주었다. 내 표정을 살피는 일도 잊지 않으면서.

"아프리카인은 일을 하는 거고, 스페인 사람들은 낮잠을 자는 거고, 프랑스인들은 바다를 보는 거죠?"
"아니, 그들은 모두 자신의 공간을 지키는 거야."
"네?"
"나도 살아보기 전엔 그렇게 생각했어. 하지만 내가 그곳에 살면서 이 그림들을 그린 이유는 각자의 삶에는 누구나 고민이 있고, 각자의 공간에서 습득해온 대로 고뇌하는 방식이 있다는 거지."

그랬다. 아프리카인도, 스페인 사람도, 프랑스인 들도 각자의 공간 안에 있을 뿐이었다. 각자의 공간에서 더 나은 삶을 고민하고 있을 뿐이다. 우린 모두 개미일 뿐인 것이다.

남자의 작업실을 나오면서 나는 다시 오겠노라 약속하지는 않았다. 애초에 점심을 해결하고자 벼룩시장에 나왔던 터라 수중에는 점심값 정도 밖에 없었기 때문에 나는 그림 대신 카탈로그 한 권을 구입했다. 그럼에도 아프리카에서 온 개미 화가는 감사하다고 했다. 밥 대신 나눈 그와의 시간. 아, 배가 부르다.

열정의 순간

니스에서 산토리니 섬으로 바로 들어가고 싶었지만, 항공편이 없어 중간 경유지인 로마로 향했다. 로마에 도착한 나는 줄곧 걸었다. 발이 닿는 곳 어디든 환상적인 그곳을. 얼마나 걸었는지 발이 아파왔지만, 나는 멈추지 않고 눈이 닿는 모든 곳을 걸었다. 밤이고 낮이고 걷고 또 걷고 그리고는 마침내 이탈리아 파스타를 먹는다. 눈이 감기고 드디어 걸음을 멈추었다.

다음 날, 눈을 뜸과 동시에 다리는 움직일 채비를 했다. 그때였다. 유리창 안으로 높이 솟아오른 채 그림이 되어버린 어느 무희의 '순간'이 눈과 발을 꽁꽁 묶어버렸다. 이내 발은 안도하며 눈을 따라 갤러리 안으로 들어가 그림을 그리는 할아버지에게 다가섰다. 그림을 그리던 할아버지는 손을 멈추고 천천히 고개를 들어 올렸다.

"이런 그림은 사진이어야 한다고 생각했어요. 그림은 시간이 걸리는 작업이니까요."

대뜸 그렇게 말을 하는 나를 본 할아버지가 느릿느릿 대답했다.

"나는 그림을 그리면서 몇 날이고 그 '순간'을 만끽한 거지."
"포즈를 잡을 수도 없는데 어떻게 그려요?"
"천천히 봐야지."

질문이 가득 담긴 내 눈을 바라보며 할아버지는 어릴 적 이야기를 들려 주었다. 당신의 아버지와 그 아버지도 화가였던 탓에 그는 네 살 때부터 물감을 가지고 놀았다. 본격적으로 그림을 그리겠다고 결심했을 때는 색이 섞여 다른 색을 만들어내는 것에 매료되었고, 그 다음에는 선과 선이 만나 다른 선을 만들어내는 것에 매혹되었다. 하지만 이제는 자신의 눈을 사로잡는 가장 아름다운 순간을 그리는 시간이 가장 행복하다고 했다. 가끔은 그것이 너무도 짧은 찰나여서 눈치를 채기도 전에 사라지고 없을 때도 있지만, 천천히 더듬어 보면 그 순간은 분명 존재한다고.

할아버지는 눈에 보이는 아름다움을 넘어, 눈에 보이지 않는 아름다움을 찾아 그림을 그렸다. 그리고 이제 할아버지의 무희는 내 방으로 통하는 입구에서 언제까지나 열정의 순간을 춤추고 있다.

순간을 잊어버리고 시간을 보내는 나태함,
나태함에 익숙해져 가는 나날들,
익숙함에서 위안을 얻는 사람들.
순간이 모여 삶이 된다는 것을 자각하지 못한 채
사라지는 것들.
외로워서가 아니라, 잊히기 때문에 슬픈 인생.

– 2012년 봄

사 랑 의 정 체

한 남자가 말했다.

자신의 인생에 들어와 주어 고맙다고.

한 남자가 말했다.

너라면 평생 사랑할 수 있을 것 같다고.

한 남자가 말했다.

결혼해 줄래?

하지만 나는 여전히 혼자다.

자신이 없었다. 그 말을 한 상대방을 평생 사랑할 자신이. 결혼의 의미를 미처 알지도 못했던 시기에 하필이면 내 인생 처음으로 청혼을 받았고, 이별했다. 인생에 들어와 주어 고맙다고 했던 상대는 거짓말 같이 내 곁을 떠났다.

내가 알고 있던 세상이 뒤집히는 순간이었다. 밤이 낮으로 바뀌는 것처럼 그동안 살면서 알고 있던 '사랑'이 사실은 내가 알던 '얼굴'이 아님을 알았다. 배신감이 일었다. 세상은 내게 거짓말을 했고, 나는 바보처럼 그것을 믿고 살아왔다. 사랑은 세상에서 가장 순수하고 가치 있는 것이라고 해 놓고는 한 마디 변

명도 없이 동화 속에만 존재하는 것이라고 모습을 바꾼 것이다. 뒤늦은 반항도 해보았지만, 그렇다고 변하는 건 아무것도 없었다. 그것은 얼굴을 바꿨다. 아니, 어쩌면 이제야 정체를 드러낸 건지도 모른다. 나는 뒤늦게 사랑의 실체를 알아차렸다.

*

덤과 더머. 그들은 내게 가족과 같은 존재들이다. 지난 나의 실수와 안 좋은 기억들을 모두 알고서도 나를 여전히 가족처럼 대해주는 친구들이다. 둘 다 노총각이지만 덤은 4년 전부터 사귄 여자 친구가 있고, 더머도 얼마 전부터 연애를 시작했다. 오랜 솔로 생활을 하는 내게 어느 날 친구 덤이 물었다.

"너도 이젠 연애 좀 해야지?"
나는 그의 질문에 무심하게 대답했다.
"못 하겠어. 사랑."
"왜?"
"내가 알던 사랑이 진짜 사랑이 아니더라고. 이제는 사랑이 뭔지 모르겠어. 그러니까 못 해."

진짜 사춘기라도 맞이한 걸까. 인생을 조금이나마 알게 된다는 서른을 맞이하며, 세상 모든 단어의 개념들이 바뀌기 시작했다. 그 시작은 사랑, 사랑이었다.

가슴이 아프면 사랑인가.
가져 보지 못한 욕정이 솟아오르면 사랑인가.
가져 보지 못한 고통이 가슴을 옭아매면 그것이 사랑인가.
아니, 사랑은……
사랑 말고는 아무것도 느껴지지 않는 것.
그것이 바로 사랑이다.

– 2011년 겨울

동 경   야 경

일본 소설을 좋아한다. 그 속의 주인공들은 모두 외롭기 때문이다. 그들은 외로움을 순순히 받아들인다. 마치 평생 외로워도 좋다는 듯이.

나는 외로운 사람이 좋다.

누군가 야경 사진 한 장을 보냈다. 일본 동경이었다. 사진 속 야경은 화려해 보이지만 여전히 쓸쓸했고, 사진을 보낸 이는 딱 그만큼 외로워 보였다. 복잡하고 화미한 대도시, 하지만 그 속은 외로움으로 똘똘 뭉쳐 있다. 사진을 보낸 이에게 답장을 보냈다. 동경 야경이 좋다고.

눈을 떴다. 그가 준비해 놓은 아침식사가 랩에 싸여 있다. 평소 잘 울지 않는 나인데 눈물이 왈칵 쏟아졌다. 어쩌면 눈물이 많다는 사실을 나만 몰랐나 보다.

사랑받고 있을 땐 있는지도 몰랐던 부드러운 감각들이 내 안을 박차고 나와 주위 공기까지도 감싸 안는다. 몸은 그것을 기

억하고, 한번 기억된 감각들은 내 안의 날카롭고 뾰족한 신경
들을 둥글게 다듬는다. 미소는 한결 부드러워지고, 눈빛은 반
짝이고, 세상의 가치를 찾으려 노력하지 않아도 그것이 내게로
온다.

같은 언어를 사용해도 대화가 되지 않는
사람들이 허다하다.
연인은 서로를 배워야 하는 시간이 필요하다.
외국어를 배우듯 상대방을 보고 듣고 이해하는
시간이 필요한 것이다.
그러지 않으면 연애란 결국 아는 단어 몇 개를 읊어대다
포기해버린 제 2외국어와 같다.

- 이해하지 못했던 것을 깨달은 어느 날.

이별, 그것은 철저한 현실

무라카미 하루키의 『상실의 시대』를 좋아한다. 읽은 지 십 년도 더 되었으니 내용을 말해 보라면 정확하게 기억나지 않지만, 내게도 '상실의 시대'가 시작되면 어김없이 이 책이 생각나곤 한다. 숲 속을 헤매는 미도리의 그림자가 깊게 드리워지면서.

사랑하는 이가 내게 이별을 고할 준비를 하고 있음을 눈치 챘다. 아직 아무 일도 일어나지 않았지만, 나 역시 천천히 이별을 준비해야 함을 직감적으로 알았다. 하지만 그러고 싶지 않다. 상실의 시대 따위 가능하다면 영원히 맞이하고 싶지 않다. 나는 주변을 맴도는 이별의 기운이 더 이상 다가오지 못하게끔 애를 써보기도 하고, 현실에 무감각해지려 노력도 해보았다. 아무 소용이 없다는 것을 잘 알면서…….
기분이 좀 나아질까 코코아를 마신다. 내가 할 수 있는 일은 없다. 아무것도.

새벽 4시. 선풍기 돌아가는 소리만이 들린다. 여러 책들을 기웃거려 보지만, 이 적막함에서 벗어날 수는 없다. 문밖을 나설 용기도 그와 함께 사라졌다. 방에서 부엌으로, 다시 거실로 자리를 옮겨 보아도 적막함이 공기까지도 먹어버렸다. 욕실로 숨어들어 샤워기를 세게 틀고 맨몸을 담근다. 씻어도 씻어도, 몸 구석구석 배인 그의 체취는 닦이질 않는다.

상실감과 적막으로 가득 찬 나는 이제 이곳에 없다. 지금까지 살던 방법으로는 도저히 시간을 저어 나갈 힘도 남아 있지 않다. 사람들이 즐겁게 이야기를 건네면 웃으며 대답하지만 그 순간들이 내 안의 공허를 채워 주진 못한다. 어느 순간 아무것도 바라지 않는다.

누구에게도.

아무것도.

사랑의 결과는 이토록 처절한 좌절감이란 말인가. 그것은 왜 내 자존감마저 물고 갔느냔 말이다. 성난 개처럼 쫓아가 내 자존감을 돌려달라고 짖어 대고 싶지만, 그럴수록 더 뭉개져버릴 테지.

사랑, 그것이 가치가 있는가?

사랑, 그것도 네가 가져가렴.

사랑, 그 처절함이 다시는 나에게 오지 않도록.

누군가에게 특별한 존재가 아니라고 해서
상처받지 말기.
특별한 존재가 되려고 애쓰지 말기.
남과 다른 사람이 되려고,
혹은 남과 같은 사람이 되려고 힘쓰지 말기.
어차피 나는 나 이상일 수 없고, 그 이하일 수 없으므로.

- 2013. 봄.

슬픔이여, 안녕

컴퓨터 앞에서 딸기 주스를 마시며 글을 쓰고 있었다. 순간 입 안쪽에서 딱딱하고 단단한 이물감이 느껴졌다. 뱉어 보니 오른쪽 윗니 두 번째 어금니 바깥쪽 부분이 쪼개졌다. 한동안 멍하니 그것을 바라봤다. 나이가 들면 별일이 다 있다더니, 컴퓨터 앞에 앉아 주스를 마시다가 이가 부러지기도 하는구나.

얼마 전에도 내 이처럼 소중했던 한 사람이 컴퓨터 앞에 앉아 차를 마시던 중 더 이상 나를 볼 수 없다는 이야기를 했다. 이유를 물었지만 이유 같은 건 없다고 했다. 그저 이제 다른 사람을 만나고 싶다고 말했을 뿐이다. 사랑이란 것이, 사람을 만나 보고 아무 이유도 없이 헤어지고, 다른 사람을 만나는 것이었나. 묻고 싶었다. 그렇지만 누구에게?
세상이 아무리 빨라졌다지만, 마음도 이처럼 순식간에 변하는구나. 그의 말을 듣고 한참 동안 멍하니 앉아 있었다.

일단은 부러진 치아를 티슈로 감싸 주머니에 넣었다. 음식을 먹을 때마다 불편해서 자꾸 부드러운 음식만 찾게 된다. 그렇다고 단박에 치과에 가야겠다는 생각은 들지 않는다. 조금 진정이 되거든, 익숙해지거든 가야겠다는 생각뿐이다. 이는 부러졌고, 마음 한 구석도 부러져버렸다.

왜 우리는 슬픔을 마음껏 표현하지 않는 것이 미덕이라고 배웠을까? 눈물을 흘리는 이에게 왜 그만 울라고 말해버리는 걸까? 마음껏 울어도 된다고 말해 주었다면, 마음속에 가득 찬 설움을 모두 날려 보내고 홀가분해질 수 있을 텐데. 가엾게도 아무도 없을 때를 기다려 숨죽인 채 두 눈에 가득 고인 눈물을 떨어뜨린다. 이제부터 나는 슬픔에 빠진 사람을 만나면, 감정을 더욱 부추기련다. 참지 말고 한없이 애수에 잠기게 하고 싶다. 슬픔이 제대로 슬픔일 수 있도록.

부 토

일본의 전통 춤 부토는 그림자의 춤이라고 한다. 춤추는 이가 아니라 그들의 그림자가 추는 춤이라는 의미다. 옆에 있을 때는 무디게 움직이던 감각도 그 사람을 잃고 난 후에야 비로소 결핍을 느낀다. 또 시간이 지나 그것들이 후퇴하고 나면 그제야 추억이라는 이름을 달고 마음이 꿈틀댄다. 그것은 때로는 한없이 아름다워서 더 슬프다.

뒤에서 숨죽이고 있던 그림자가 드디어 춤을 춘다.

기억이 시간에 산화되면서
추억이 머릿속에서 재편집돼.
세상 속으로 날아가기도 하고,
익스트림 클로즈업된 것처럼
아주 크게 남기도 하지.
추억이란, 결국 내 맘대로 재편집된
단편영화가 아닐까?

- 2004년 여름.

사랑하면 배운다

친구와 이별에 관한 얘기를 나누던 중 그녀가 내게 말했다.

"넌 사랑을 받는 것도, 주는 것도 참 좋아하는 것 같아. 사랑이 찾아오고, 사랑이라고 확신이 들면 여지없이 풍덩 뛰어들지. 하지만 끝이 보이지 않는 그것은 위험할지도 몰라. 너랑 이야기하고 있으면 너는 그 물이 얼마나 깊든 상관하지 않는 것 같아. 숨도 못 쉬고 다친다 하더라도 이내 몸을 던져버리지."

그녀의 말에 나는 잠시 말없이 생각했다.

"그게 나쁜가요?"
"나쁘다고 하지 않았어. 다친다고 했지."
"그럼 다치는 게 나쁜가요?"
"아니다. 그냥 풍덩 빠지는 게 좋은 것 같아. 그게 너다워."
"사랑을 무시하느니 그냥 아프겠어요."
"무시하란 말이 아니야. 물의 깊이를 재면서 가라는 거지. 천천히."
"그래 보려고 노력해도 사랑이 시작되면 내 마음대로 할 수 있는 건 아무것도 없어요. 마치 누군가 나를 조종하는 것처럼 말이죠."

어딘가에서 읽었던 말이 생각났다. 돈을 생각하며 살면 돈의 노예가 되고, 힘들 때마다 죽음을 생각하면 죽음의 노예가 된다고. 나는 언제나 사랑을 생각한다. 그렇게 사랑의 노예가 되었다.

그리스의 크레타를 배경으로 애잔한 사랑을 그린 빅토리아 히슬롭의 소설 『섬』의 마리아는 삶을 견디기 위해 만트라(Mantra, 기도, 주문)를 만들어 읊었다.

"사랑하면 배운다."

사랑하는 동안 나는 이 말을 주문처럼 외웠다. 사랑의 고비가 찾아올 때마다 돌림노래처럼 되뇌었다. 그리고 나는 정말 사랑하면서 참 많은 것을 배웠다. 무엇보다도 사랑은 보이기도 했다가 암흑에 가려지기도 해서 아침과 밤을 끊임없이 선사하는 매일과도 같다. 마치 신이 창조한 무엇과도 같이.

다 시 사 랑

멀리 있는 친구에게서 메일이 왔다. 이별을 했다는 소식과 함
께. 생각해 보니 헤어진 사람의 상처를 보듬어 줄 생각은 하지
않은 채 그저 그 사람의 상처를 무기삼아 싸울 때마다 휘둘렀
다고 친구는 고백했다. 이별을 하고 보니 한 없이 부족했던 자
신이 부끄럽고 밉다고 했다. 그 사람과 함께였기에 자신도 빛
날 수 있었던 것임을 이제는 안다고도 했다. 이제 혼자서는 아
무것도 할 수 없을 것 같아 겁이 난다고 친구는 말했다.
둘이었다가 하나가 되면 누구라도 겁이 나는 법이다. 결코 만
만치 않은 이 세상에서 사랑이라는 안경을 쓰고 둘이 함께 걸
어갈 때는 두렵기는커녕 세상이 아름다워 보이기까지 하지 않
던가.

언젠가 이런 말을 들은 기억이 난다.
"많은 여자들은 사랑을 얼마나 받았는지를 드러내며 자신의
가치를 확인한다."

나 역시 그 말을 부정할 수 없었다. 나도 그런 사람 같아서 대
번에 아니라고 말할 수 없었다. 또한 사랑을 주고 그 사람이 변

해가고 사랑을 흡수하는 모습을 볼 때 훨씬 더 큰 기쁨이 있다는 말도 잊히지 않는다. 그 말을 한 이는 적어도 그런 사랑이 훨씬 가치가 있다고 믿었던 것이리라.

친구의 메일을 읽고 이별 후의 나를 돌아봤다. 스스로를 알기 위해 내면의 깊은 곳까지 들여다봤다. 그럴 수밖에 없었다. 이젠 그 없이 혼자 살아가야 하니까. 스스로를 지키고 돌보아야 하니까. 그러다 문득 언젠가 들었던 이야기의 의미를 조금 알 것 같았다. 사랑이란, 받는 것보다 주는 기쁨을 알게 되었을 때 진정으로 두려움 없이 사랑할 수 있다는 사실을. 그리고 언젠가 내게 속삭이던 그의 말이 떠올랐다.

"내 사랑을 받아 주어 고마워요."

사랑을 받아 주어 고맙다던 그 사람은 이미 알고 있었던 걸까?

3

배 우 에 게 는

익숙함을 벗는 훈련이 필요하다.
사람들은 그것을 용기라고 부른다.

플라멩코flamenco. 이것은 인생을 회고하는 독백이다. 환희에 찬 순간도, 고통에 젖은 시간도 몸에 내재되었다가 손끝과 발끝을 타고 음악과 함께 쏟아낸다. 구두에 갇힌 발을 힘차게 구르며 아픔을 짓이겨 삶의 희로애락을 무대 위에 펼쳐 보인다. 사랑의 찬가와도 같은 짧은 환희의 순간이 지나면 독백과도 같은 춤사위가 잦아들며 무희 홀로 무대를 지킨다. 인생은 플라멩코를 닮았다.

인 생 은 독 백

함께 플라멩코를 보고 돌아온 그가 말했다.

"너라면 평생 사랑할 수 있을 것 같아."

그 순간 나는 깨달았다. 그를 사랑하지 않는다는 사실을. 어깨에 걸쳐진 그의 손이 너무도 무겁게 느껴진다는 것을. 나의 진심을 알기 위해 그에게 이런 말을 들어야 했던가.

그가 그 말을 하기 전까지는 나도 그를 사랑한다고 생각했다. 하지만 그것은 좋아함과 사랑함의 경계에 놓인 감정으로, 아직 적당한 단어로 불린 적 없는 것이었다. 그리고 그 어떤 언어로도 들어본 적이 나는 없었다. 처음에는 그것이 사랑이라 믿었다. 형체화 되지 못한 감정을 알 리가 없었으므로. 하지만 그의 고백으로 인해 내 마음을 확실히 알 수 있었다. 나는 그 사람을 사랑하지 않는다. 어깨에 걸쳐진 그의 손이 점점 더 무거워져 갔다. 숨 쉬기조차 힘들었다.

"손 좀 치워줘. 너무 무거워."

그는 몇 시간 후에 떠났다. 그가 떠나며 탔던 기차를 바라보는
데 눈물이 멈추질 않았다.

다시 혼자가 되었다. 떠나가는 기차에 대고 나도 모르는 말들
을 주절거려 본다.

*

새벽녘, 친구와 와인을 마신다. 셋이서 한 병, 두 병. 조금 취한
것도 같다. 나는 오래된 친구에게 처음으로 물었다.

"꿈이 뭐야?"

"행복해지는 거."

"아, 나도 행복해지는 게 꿈일 때가 있었어."

"그래?"

"음…… 근데 행복한 건 순간인 것 같아. 절대 영원할 수 없잖
아. 그래서 행복이 오면 좋고, 안 오더라도 순순히 받아들이기
로 했어. 지금 생각해 보면, 행복했던 순간들이 사실은 가장
슬프기도 했더라고."

"왜?"

"글쎄, 잘 모르겠어. 너무 아련해서? 행복은 아주 잠깐이잖아."

이번에는 친구가 물었다.

"지금 네 꿈은 뭔데?"

"죽는 순간까지 내 안의 나를 다 발견하고 가는 것."

마치 오랫동안 생각해온 듯이 대답했지만, 사실 그때 나는 와인에 취해 느끼는 대로 대답했을 뿐이다. 그렇지만 취했을 때 나도 모르게 진실을 말하게 되는 경우가 있다. 독백처럼.

술을 깨고 보니, 열한 살이나 많은 친구에게 내가 대체 무슨 말을 한 건지 민망함이 밀려왔다.
아, 며칠 연락 말아야겠다.

비 올 바람

바람이 분다.

그냥 바람이 아니다. 더 세지고 습도도 적당치를 넘어섰다. 바람이 거세지다 잠잠해지기를 반복한다. 이런 바람은 결코 일정하게 불어오지 않는다. 곧 비가 내릴 바람이다. 그리고 이내 비가 내렸다.

비가 올 바람을 알아채기까지 바람을 참 많이도 관찰했었다. 바람은 변덕이 심해서 비가 올 것 같다가도 오지 않고, 오지 않을 것 같다가도 내린다. 이제는 누구보다도 비 올 바람과 아닌 바람을 알아챌 수 있지만, 그것은 하나도 중요하지 않다. 바람이 오면 바람을 맞고, 비가 오면 비를 맞으면 될 뿐. 중요한 건 바람을 맞아도 혹은 비를 맞아도 변하지 않는 것이다.

오늘은 오랜만에 마음도 한가롭고 시간도 많다.
물을 가득 채워놓은 욕조에 누워,
좋아하는 라틴음악과 하루키의 글을 읽으며
여유를 부려 본다.
아, 향도 하나 피워야지.
맨몸으로 거실을 지나 코코넛 향이 나는 향에 불을 붙이고
다시 첨벙.
문득 소크라테스에게 사색의 시간이 없었다면,
얼마나 불행했을까 상상해 본다.
그는 여유롭게 생각에 빠져 있을 때
가장 행복하지 않았을까?
나는 소크라테스에 비하면 너무도
보잘 것 없는 인간인지라,
그저 이런 목욕시간이 주어진다면 내 인생,
감사하며 살아가리.

- 2012 담양온천에서 1박2일

천 국

외할머니를 이장하러 가는 날이다. 몇 주 전부터 엄마는 오늘은 꼭 시골에 가야 한다고 신신당부했었다. 일이 있을 것 같다는 말에 평소엔 잘 안 그러던 엄마가 꼭 같이 가고 싶다며 입을 삐죽였다. 엄마의 생소한 모습에 가능한 함께 할머니를 보러 가야겠다고 생각했다.

돌아가신 지 9년째 되는 윤달의 첫 번째 날, 주변에도 묘를 이장하러 간다는 사람이 또 있는 걸 보면, 오늘이 정말로 길일은 길일인가 보다. 새벽 4시부터 서둘러 채비를 했다. 촬영도 아닌데 이렇게 이른 시간에 벌떡 일어나진 걸 보면, 엄마가 얼마나 그 길을 함께 하고 싶어 하는지 내내 마음이 쓰였던 것 같다.

새벽녘에 정신없이 차를 타고 출발했다. 엄마는 인부들과 친척들을 먹일 음식을 하며 돌아가신 할머니를 뵐 생각에 잠도 못 잔 듯 살짝 상기된 얼굴로 운을 뗐다. 할머니가 돌아가시는 날에 엄마는 당신 혼자 임종을 지켜보았노라고 했다.

"원래 가장 편하고 좋아하는 사람과 함께 있을 때 이승을 떠날 수 있는 거란다.”

엄마에게는 위로 오빠가 셋, 밑으로 여동생이 둘, 남동생이 하나 있지만, 할머니는 그 많은 형제들 중에서도 엄마를 유독 편하게 생각하고 좋아했다. 엄마와 단 둘이 있을 때 저승으로 가실 만큼.

“엄마, 천국이 보여?”
“응…….”
“천사가 있어?”
“으응.”
“엄마, 편안해?”
“응. 편안해.”

할머니는 그렇게 깊이 잠들었다.

바다 수영

남부 유럽의 해변마을을 돌고 돌다, 그리스 끝자락을 지나 지
중해 연안에 닿았다. 바람은 온몸을 애무하듯 구석구석을 파
고들었다. 태양이 내리쬐는 순간의 바다는 한없이 따뜻한 엄
마 품 같지만, 바람이 변덕이라도 부리는 날이면 독 사과를 든
계모처럼 모든 걸 삼켜버릴 듯 매섭게 돌변한다. 그래도 나는
바다가 좋다.

바다를 바라보며 좋아만 했지, 한번도 헤엄을 쳐서 바다 한 가
운데로 나갈 생각은 꿈에도 하지 못했다. 그러던 어느 날 여행
사에 걸려 있는 사진 한 장을 보았다. 사진 속에는 배 위에서
태닝을 하거나 바다로 뛰어들어 수영을 하는 사람들과 석양을
바라보며 와인을 마시는 이들의 모습이 있었고, 그 순간 나는
바로 그 사진 속으로 뛰어들고 싶은 충동이 일었다.

*

그리스의 국기를 매단 배는 거침없이 바다를 가로질러 나아갔
다. 뱃사람들은 와인을 한 잔씩 따라주면서 흥을 돋우었다. 그
들은 매일 이렇게 바다로 나오겠지. 얼굴은 점점 까맣게 변하

겠지만 눈은 점점 하얗게 빛날 것이다.

나는 혼자 여행 중이라는 백발의 독일인 할머니와, 스페인 부부, 호주 커플, 노르웨이 자매, 캐나다인 친구 세 명과 함께 와인을 마시며 무엇 때문에 이곳에 왔고 어디를 거쳐 왔는지, 또 얼마나 여행을 하는지 따위의 이야기를 나눴다.

백발의 할머니는 6개월째 여행 중이었고, 노르웨이 자매는 여행사를 운영한다고 했으며, 호주 커플은 신혼여행을 왔다고 했다. 스페인 커플 중 남자는 선상에 흐르는 노래가 스페인계 프랑스 가수 '마누 차오 MANU CHAO'의 곡이라고 알려주는 친절함을 선보였다. 여자는 영어는 못 했지만 그녀의 보디랭귀지에서는 따뜻함과 상냥함이 묻어났고, 나는 그런 그녀와 대화하는 게 좋았다.

우리는 해가 중천으로 몸을 옮겨 빛을 비추자 그물침대가 넓게 자리한 뱃머리에 누워 태닝을 즐겼다. 잠시 후 뱃사람들은 어디 쪽 파도가 잠잠하고 안전한지 이야기를 나눴고 곧이어 배가 정착했다. 그리고 사람들은 모두 기다렸다는 듯이 바다 한가운데로 거침없이 뛰어들었다. 순간 내 눈에 비친 그들은 평범함을 벗어던지고 눈부신 빛을 발현하고 있었다.

나는 아직 한번도 바다에 아무런 장비 없이 뛰어든 적이 없었다. 바다에 무방비 상태로 뛰어든다는 것은 위험하다고만 여겼다. 상어가 나올지도 모르고 알 수 없는 바다 생물에 물릴지도 모를 일이었다. 하다못해 거친 파도가 갑자기 몰려오기라도 하면 어떻게 해야 하나. 하지만 저 사람들처럼 나도 멋지게 뛰어들고 싶다. 끝없이 펼쳐진 바다 한가운데로!

마누 차오는 계속해서 노래를 불렀다. 두려워 말고, 멈추지 말고 걸어가라고. 나는 조심조심 배 끝으로 걸음을 옮겼다. 뒤를 돌아 손잡이를 잡고 한 발 한 발 바다를 향해 내딛었다. 그리고 내게 말을 걸었다. 내 생애 가장 친절한 목소리로.

"숨을 쉬어. 평소처럼. 호흡이 흐트러지면 두려움이 밀려들 거야. 숨 쉬는 걸 잊으면, 놀라고 화가 날지도 몰라. 연기를 할 때도 마찬가지야. 표현 중에 가장 쉬운 게 호흡을 가쁘게 흐트러뜨리는 거잖아. 그러면 관객들도 상태가 변하는 것을 빨리 알아차리니까. 그래, 호흡을 자연스럽고 일정하게 유지하는 게 생각보다 어렵다는 거 알아. 어떻게 해야 하지? 일단 어깨에 힘을 빼봐. 머리를 죄던 근육을 풀어. 몸은 머리의 조종을 받으니까. 위험할 거라는 생각이나 빠지면 어떡하나 하는 걱정은 집어치워. 그냥 자유롭게 바다에 몸을 맡기고 스스로를 믿어봐. 너를. 바다를…… 엄마야! 깊잖아!!"

맨몸으로 뛰어든 바다. 바다는 예상했던 대로 깊고 차가웠지만, 그만큼 아늑하고 평화로웠다. 이제 조금 더 용기를 내어 앞으로 나아가 보자. 멀리. 조금 더 멀리.

결코 쉽지 않았던 첫 맨몸 수영을 마치고 배위로 올라왔다. 마누 차오는 열 곡은 족히 노래를 불렀을 텐데 아직도 기타를 튕기며 나를 반겨 주었다.

“데스페라도 – 데킬라. 너는? 올라.”
“아, 나는 축배를! 올라.”

그렇게 나의 첫 바다 수영은 시작되었다. 상어가 나타나 발목이나 목덜미를 물지 않을까 걱정했지만, 그런 일은 일어나지 않았다. 배에서 멀리 나갔다가 다리에 쥐라도 나면 어쩌나 했지만, 멀어질수록 드넓은 바다가 자유로울 뿐이었다. 오만 가지 걱정을 딛고 이곳까지 왔다. 내 인생 가장 자유로운 순간을 만끽하며. 후회도 걱정도 그동안의 상처도 모두 잊게 해주는 건 바다밖에 없다. 그렇게 이전의 나를 넘어 바다 곁으로 왔다.

용기

좋아하는 피아니스트의 인터뷰 기사를 읽었다. 그녀는 슬럼프가 찾아왔을 때 피아노 앞에서 젊은 날을 소비하는 것이 과연 옳은지에 대해 수없이 고민했다고 한다. 이 길이 자신의 길이 맞을까에 대한 고민 말이다. 다른 것은 포기하고 오직 피아노 연습만으로 세월을 보내는 것은 정말 상상할 수도 없을 만큼 힘들었을 것이다. 그러나 배우는 자신 앞에 다가오는 모든 것들을 경험해야 한다. 그것을 충분히 느끼고, 마음껏 행복해하고 또 아파할 줄 알아야 한다. 그리고 카메라 앞에서 가장 적당한 방법을 찾아 온몸으로 표현한다면 배우의 인생을 살아가고 있는 것이다. 내겐 이것이 배우를 하는 이유 중 가장 마음에 드는 부분이다. 그렇지만 한 가지 각오해야 하는 게 있다. 어떤 고양이는 집 밖으로 나가는 순간 길을 잃고 세상이 무서워 죽음을 택하기도 한다는 사실이다. 그동안 익숙한 공간에서의 삶이 새로운 세상을 받아들일 수 없도록 스스로 세상을 차단해버리는 것이다. 마찬가지로 세상이 주는 경험을 다 받아들이려면 익숙함에서 벗어 날 준비가 되어 있어야 한다. 결국 배우에게는 익숙함을 벗는 훈련이 필요하다. 사람들은 그것을 용기라고 부르더라.

촬영이 시작되면,
가장 많은 대화를 나누는 상대는 바로 자신이다.
끊임없이 변화해야 하는 상황을 견디기 위해.
– 07년 변하기 싫은 어느 날,

변신

나는 변했다. 변할 때는 으레 고통이 따르기 마련이다. 사람은 누구나 고통받기를 원하지 않는다. 그렇지만 때론 싫어도 해야 하는 것이 있다.

인생. 처음엔 '마음이 아프다' 정도를 배웠던 것 같은데, 다음엔 '고통'을 배웠다. 마음이 갈기갈기 찢어져 더 이상 그 형체도 남아 있지 않는 현실을 받아들여야 할 때도 있다.

때론 촬영이 길어지면 고통은 배가 된다. 몇 달 동안 내가 아닌 다른 사람이 되어 나를 비워 나간다. 창피할 만큼 많은 사람들 앞에서 벌거벗은 채로 내 전부를 보여 주고, 처음 보는 사람을 엄마라 부르고, 연인이 있는 사람에게 사랑을 속삭이며 몇 개월을 보내면 진짜 나는 어디로 갔는지 모를 만큼 아득해져 간다. 내가 보이지 않고, 내가 연기한 수아, 지원, 진경만이 보인다. 그들을 이해할수록 그들은 나를 집어삼킨다.

떠나고 싶다. 파리든 어디든, 나보다 나를 더 잘 아는 친구에게로 달려가고 싶다.

드디어 촬영이 끝났다. 나는 당장 비행기 티켓을 끊고, 친구가 있는 파리로 날아갔다. 지선. 절실히도 지선이 필요했다.

이제는 제법 제빵사 티가 나기 시작한 지선은 매일 이른 새벽에 출근해 파리 사람들의 아침을 책임졌다. 덕분에 나는 파리까지 와서 친구를 기다리며 공원에 앉아 사색을 즐겼다. 파리의 공원은 하염없이 앉아 있기에 좋았다. 나무를 바라보고 힘이 들면 나무에 기대어 같이 숨을 쉬었다. 다소 지루할 때도 있었지만, 곁에 아무도 없다는 사실이 위안을 주기도 했다. 아무도 없어야 했다. 지선이 말고는, 나무 말고는, 진짜 나 말고는.

파리의 거의 모든 공원을 돌아보고 더 이상 할 일이 없어지자 이번에는 갖은 아양과 설득으로 지선을 꼬셔내어 주말여행을 떠나기로 했다. 이번 여행에는 파리에 살고 있는 일본인 친구 류도 합류할 예정이었다. 우리는 새벽 5시, 아직 스산한 기운이 감도는 거리를 뚫고 기차역으로 향했다. 생 라자르^{Saint-Lazare} 역에서 르 아브르^{Le havre}역으로. 물 냄새 가득한 항구도시에는 비가 내렸다. 거기서 다시 옹플뢰르^{Honfleur}라는 작은 마을로 가기 위해 버스 시간을 알아보았다. 하루 중 몇 대 안되는 옹플뢰르 행 버스는 4시간은 족히 기다려야 했다. 고민 끝에 결국 택시를 탔다. 30분 거리라고 들었는데 18분 만에 예약해둔 호텔에 도착했다. 그곳은 정말 아담한 도시였다. 나는 이 작은 마을이 좋았다.
우리는 셋이 한 방을 쓰기로 했다. 그 정도로 허물 없이 지내

며 서로 무슨 옷을 입고 있든 신경을 쓰지 않아도 좋은 친구
들이었다.

낮잠을 조금 자고, 다시 나갈 채비를 했다. 룸서비스 같은 건 없
는 호텔이므로 점심시간을 놓치면 다 식은 빵 쪼가리나 먹을
수밖에 없으니 우선 나가서 요기를 해야 했다. 프랑스에서 직장
생활을 하는 친구들은 이미 침대와 한 몸이 된지 오래였다. 그
런 친구들을 깨워 마을로 데리고 나가는 건 쉽지 않은 일이다.
어르고 달래고 보채가며 겨우겨우 밖으로 나왔다. 하지만 밖으
로 나온다고 모든 일이 쉬 해결되지는 않았다. 가까스로 도착
한 버스정류장에는 버스가 두 시간에 한 대꼴로 운영을 한다는
안내판이 붙어 있었고, 친구들의 원성을 사고야 말았다.

우리는 차도로 나가 엄지손가락을 치켜들었다. 차들은 우리를
본체만체 쌩쌩 지나가버린다. 그도 그럴 것이 누가 낯선 외국
인을 셋씩이나 태워주겠나. 10분 넘게 기다려 봤지만 지나가는
차들에 마음만 상할 뿐이고 뱃속은 시끄러워질 뿐이다.

그래 걷자. 걷는다.

바다가 보이고 산도 보이고, 10층 높이쯤은 되는 나무들이 거
인처럼 서서 길을 안내했다. 먼 길을 걸으니 숨이 차올랐지만,
처음 보는 거인 나무들과 인사도 할 겸 심호흡을 크게 내쉬었
다. 류는 여전히 엄지손가락을 치켜들고 있었다. 역시 포기를

모르는 친구다. 우리도 같이 치켜든다. 평균키 160센티미터의 동양인 관광객들은 그렇게 왼팔 엄지손가락을 치켜든 채로 거인 나무 사이를 하염없이 걸었다. 그리고 기적이 일어났다.

끼이익!

진짜로 차가 선 것이다. 한 살배기 아기를 태운 한 여성이 차를 세우고 우리를 향해 미소를 던졌다.

"어디까지 가요?"
"센터요."
"타요."

아, 너무 고맙다. 아기 엄마의 미소에 눈이 부셨다. 세상 모든 엄마의 미소는 아름답다. 류는 한 살배기 아기를 태우고 낯선 관광객을 태우는 여인의 용기가 대단하다고 했다. 나는 대답한다.

"당연하지. 엄마잖아."

옹플뢰르는 작고 조용한 마을이었다. 하루면 걸어서 마을을 다 돌아볼 수 있을 만큼. 우리는 거리를 걷다 와인을 마시고, 점심을 먹으며 와인을 마시고, 밤하늘을 바라보며 또 와인을 마셨다. 밤이 되면 이야기는 더욱 깊어졌다. 불어와 한국어를

섞어가며 차례로 자신의 이야기를 쏟아냈다. 밤이 다하도록, 아침 따위 오지 않기를 바라며. 아니, 오더라도 우리만은 비켜 가기를 기도하며. 해가 뜨면 우리는 다시 각자의 삶으로 돌아 가겠지. 너는 파리로, 나는 서울로. 미래의 시간이 얼마나 소 중한지 잊어버릴 만큼 지나간 시간은 기억 속에서 살아 움직인 다.

아, 벌써 네가 그립다.

여자의 적은 여자라고 대체 누가 말했던가.
여자의 친구는 여자일 수밖에 없는데.
- 20년지기 친구가 그리운 밤에.

통증

배우가 아닌 여배우가 되니 신경 쓰이는 것들이 늘어만 간다. 그럴 때마다 나는 다짐을 한다. 여자로 연기하지 말고 오로지 배우로서만 연기를 하자고.

요즘 나의 숙제는 여배우라는 타이틀을 멀리하는 것이다. '남배우'라는 말은 쓰지 않으면서 왜 여자 배우는 '여배우'라고 부르는 걸까. 감독도 그렇다. '남성감독'이라는 말은 없는데, 왜 '여성감독'이란 말은 있을까? 여자가 무슨 죄라고.
사실 처음 연기를 시작했을 때만 해도 이런 말들의 의미를 생각해 본 적이 없었다. 그저 스스로를 여배우로 여겨왔다. 그리고 그런 대우를 받고 싶을 때도 있었다.

남배우보다는 여배우가 포기해야 할 것이 많고, 힘들다는 말은 사실일지도 모른다. 아니, 어디 여배우 뿐일까. 한국의 여성 직장인은 모두 힘들겠지. 하지만 이런 계산적인 것들에서 벗어나 여배우라는 말을 멀리하려는 이유는, 스스로 그 이름에 기대고 싶지 않아서이다. 화가 났다. 알 수 없는 패배감과 굴욕이 몰려든 적도 적잖이 있었다. 남자보다 더 섬세하고, 아픔이 많은 (배우로서 아주 훌륭한 조건을 가진) 동양의 여자로 살아가면서 왜 스스로를 연약하고 보호받아야 될 존재로 여겼을까?

배우는 표현해 내야만 한다. 어떤 상황에서든, 여자이든 남자이든 현장에서는 똑같은 배우의 입장으로써 말이다. 배우로서 인정받는 것과 여배우로 인정받는 것은 전혀 다르다. 그러니 여자로 태어났지만, 여자이기 전에 배우여야 한다고 다짐해본다. 그렇게 앞으로 나아간 자들만이 결국 진정한 여배우로 불린다는 사실도 이제는 안다. 여배우가 되기 전에 우선 배우가 되자.
그러고 보면 나는 참 욕심이 많다. 욕심이 많으면 통증도 심하다던데. 하지만 배우는 삶을 토해 내는 직업이니 아픔까지도 인생이라 여기고 두려워하지 말아야겠지.

삶 의 증 거

인도에 간 이유는 사회에 대한 고립과 열패감 때문이었다. 타인과 관계를 맺는 것이 무서웠고, 그로 인해 더 이상 일을 하고 싶지 않았다. 반복되는 실수로 자신에 대한 실망감이 밀려들었고, 그런 상황을 견디기 힘들었다. 삶의 균형은 점차 깨져갔고, 지금까지의 방식으로는 더 이상 살아갈 자신이 없었다. 그렇게 나는 도망치듯 나를 받아줄 곳으로 떠나야 했다. 그곳이 바로 인도였다. 직장인들도 안식년이 있다는데, 내게도 휴식이 간절히 필요했다.

남인도까지 가는 길은 쉽지 않았다. 인도로 떠나기 전 태풍으로 인해 비행기는 다섯 시간이나 연착을 했고, 열 시간 이상 비행을 해서 겨우 뭄바이Mumbai공항에 도착했을 때는 트리반드룸Trivandrum까지 가는 국내선 비행기를 놓치고 말았다. 결국 예정에 없던 뭄바이에서 하루를 묵어가야 했다.

택시를 잡았다.
문득 서울이 그립다.

"서울엔 큰 강이 있는데 뭄바이에도 강이 있나요?"
"서울이 뭄바이보다 큰가요? 우리는 바다가 있죠. 남쪽으로 갈
까요? 서쪽으로 갈까요?"
"아, 이곳이 훨씬 크지요. 기왕이면 남쪽으로 가요."

영국의 조지 5세 부부의 인도 방문을 기념하여 세워졌다는 '게
이트 오브 인디아gate of india'가 보이는 해변 거리는 관광객과 상
인들로 발 디딜 틈이 없었다. 나는 인파에 휩쓸렸다 밀려나기
를 반복하다 겨우 한적한 해변 거리로 빠져나왔다. 거리를 하
염없이 걸었다. 이색적인 풍경과 까만 인도인 사이를 걸으며 사
진을 찍었다. 사진만이 증거가 될 수 있다는 생각으로, 지금
이 순간을. 아니, 이 순간이 지나더라도.

인도인 할아버지가 불쑥 말을 걸어왔다.
"어디서 왔니?"
"한국이요."
"좋은 사진기네. 사진을 찍니?"
"아뇨. 전 영화를 만들어요."
"영화?"
그는 갑자기 동공이 커지며 눈빛을 빛냈다.

"영화를 좋아하세요?"
"나는 인도인이야. 당연히 영화를 사랑하지."

인도인들은 지구상의 어떤 민족보다도 영화를 사랑한다. 그러고 보니 할리우드 영화가 기를 못 펴는 나라는 인도밖에 없다지. 나도 영화를 사랑한다. 그 순간 용기가 솟았다. 눈물이 핑 돌았다. 그동안의 설움은 바다에 뿌려졌다. 내 삶의 증거인 영화가 벌써 열 편도 더 있다. 견뎌야 한다. 그것들을 위해서라도.

꿈 같은 길

몇 해 전 아유르베다Ayurveda에 관한 다큐멘터리를 보았다. 이곳 사람들은 스스로 일군 땅에서 자란 식물을 먹고 주술로 사람을 치유하고 약초 마사지를 하며 살아간다. 사람과 사람의 기운으로 에너지를 나누는 일종의 자연 치유 요법인 셈이었다. 다큐멘터리를 보면서 생각했다. 언젠가 마음이 아파서 몸까지 아플 때 저곳으로 가야지 하고.

트리반드룸 공항에 도착했다. 같은 인도니까 한두 시간이면 도착하리라 예상했는데, 다섯 시간은 족히 걸린 것 같다. 새삼 인도가 참 크다는 걸 깨닫는다. 미리 예약해둔 아유르베다 리조트에서 공항으로 마중을 나왔다. 차를 타고 숲 속을 지나고, 마을을 지나 다시 산을 올랐다. 산 너머에는 바다가 있고, 차는 여전히 리조트를 향해 달리는 중이다. 리조트에서 차를 가지고 마중을 나오지 않았다면 목적지까지 가는 데 몇 박 며칠은 걸리지 않았을까. 인도는 정말 크고도 오묘한 곳이다. 이색적이다 못해 꿈결 같은 광경을 지나며 운전대를 잡은 기사 친구(나와 나이가 비슷해 보였으므로)에게 말을 걸었다.

“안녕, 친구. 여긴 숲이 참 많네.”
“안녕. 반가워. 넌 어디서 왔니?”
“한국.”
“한국?”
“처음 들어 봐?”
“아니. 처음 들어보는 건 아니야.”
“근데?”
“한국 사람은 처음 봐.”
“너네 리조트에는 한국 사람이 없어?”
“네가 처음이야. 여기서 일하는 6년 동안.”
“근데 어떻게 산에서 선인장이 자라?”
“글쎄…… 나는 만날 보는 거라 생각해 본 적이 없네. 하지만
우리는 숲을 약국이라고 불러.”

“넌 꿈이 뭐야?”
“고향에 가고 싶어.”
“고향이 어딘데?”
“콜카타Kolkata.”
“같은 인도잖아? 근데 왜 못 가?”
“고향에 가려면 돈을 많이 벌어야지.”
“아…….”

이번에 떠나온 케랄라Kerala 주는 '아유르베다'라는 인도의 전
통의학으로 유명하다. 우리나라에서 사람을 사상체질로 구별

하듯 이들 역시 사람의 체질을 나누는데, 몸에 나타나는 현상뿐만 아니라, 치아와 눈동자의 크기, 색깔, 성격과 말의 빠르기, 섭취하는 음식 등 후천적으로 생긴 습관까지도 고려해 체질을 나눈다. 기본은 물과 불, 바람인데 쉽게 설명하면, 불에 바람이 더해지면 불의 기운이 커져 몸 안에 화가 생기므로 음식과 훈련을 통해 물의 성분을 늘리도록 한다. 그렇게 몸과 마음의 결합을 찾는 것이 요가이다.

아유르베다는 공부를 정말 많이 해야 하는 학문이지만 아유르베다 치료법으로 암을 고쳤다는 뉴스가 전파를 탄 후로는 세계 각지에서 건강을 찾으려는 사람들이 몰려들고 있다. 특히 12월 중순부터 1월 중순은 27도의 기온이 한 달 동안 지속되며 여행을 하기에 가장 좋은 시기이기 때문에 어디를 가나 관광객들이 북새통을 이룬다.

내가 만난 의사는 90세가 넘는 할아버지와 70대 할머니 선생님이었다. 두 분은 오랜 동안 함께 일을 해왔지만, 최근에는 밀려드는 손님을 감당하기가 어려워 젊은 의사를 다섯 명이나 더 두고 있었다.

두 노의사는 내 눈동자를 면밀히 살피며 체질을 체크해 나갔다. 좋아하는 음식, 말의 빠르기, 수면 습관, 질병의 가족력 등을 물었다. 그리고 우리는 내가 살아온 삶과 생활 습관에 관해 두 시간이 넘는 대화를 나누었다. 그 결과, 나는 바람(Vata)이 가장 크고, 불(Pitta)이 많았다. 따라서 나에게는 바람이 변

덕을 부리지 못하게 하는 뿌리채소(고구마, 감자, 파, 호박 등)
가 좋고, 불의 성질을 돋우지 않기 위해 자극적인 음식이나 향
이 강한 향신료를 피하고, 싱거운 음식을 먹으라는 권유를 받
았다. 또한 아유르베다와 요가에서는 모두 육식을 금한다. 잔
인한 음식을 먹지 않기 위해서이다. 육식을 하려면 살생을 해
야 하는데 살생으로 생긴 잔인함이 몸으로 들어가면 좋을 것
이 없다고 여기는 탓이다.

예전에 한의원에서 진단을 받을 때는 장이 길고 간이 약한 체
질이라고 했었다. 육식을 멀리해야 하는 것은 아유르베다에
서 말하는 것과 일맥상통하지만, 한의원에서는 장이 긴 사람
은 뿌리음식이 변비를 불러올 수 있으니 피하라고 했고, 커피
나 오렌지, 유제품도 가급적이면 섭취하지 말 것을 당부했다.
하지만 아유르베다 음식엔 유제품이 참 많았다. 결국, 한의학
의 처방을 따를지 아유르베다를 따를지를 결정하기 위해 나는
매일매일 몸의 상태를 기록하기로 했다. 음식을 먹고 난 후의
소화 상태, 다음 날 몸이 붓는 정도, 소변, 대변, 전체적인 컨
디션 등을 상세히 체크했다. 사람을 어떤 체질로 나누는 것은
수많은 통계에서 비롯된 것이니까 내 몸의 체질은 스스로 통
계를 내어 알아보기로 한 것이다. 이것은 자기 자신을 공부하
고 연구하는 계기가 되었다. 배우를 시작한 지가 벌써 9년이고,
29년의 생을 살아왔는데, 이제야 나에 대해 공부를 시작한 것
이다.

소식과 채식이 내게 건강을 가져다 주었다. 몰라보게 살이 빠졌지만, 훨씬 건강해지고 몸도 가벼워졌다. 사실 채식을 시작하게 된 계기는 환경연합에 가입한 지 4년이 지났을 무렵이었다. 연합에서 보내 주는 환경신문을 읽었다. 그곳에는 식용으로 키우는 소와 돼지에게 줄 곡물을 기아들에게 나누어 준다면 더 이상 지구상엔 기아가 없을 것이라는 기사가 있었다. 밥상머리 앞에 앉아 고기 쪽으로 젓가락이 갈 때마다 울며 밥 달라고 떼쓰는 아이들이 떠올랐다. 게다가 신기하게도 채식을 시작하자 불면증이 사라졌다. 몸이 잘 붓는 편이었지만, 이제는 거의 붓지 않는다. 몸이 편하니 마음도 편했다.

아유르베다에서는 음식을 소화하고 배설하는 것처럼, 머릿속에 들어오는 것들도 잘 소화해서 좋은 것은 몸 안으로 보내고 안 좋은 것들은 밖으로 배출해야 한다고 했다. 좋지 않은 생각을 무심코 몸 안에 저장해 두었다간 결국 몸에서 이상 반응을 보이고 말 것이라고. 우울하거나 화가 나거나 오해를 하게 되면 자신이 쓸모없다는 생각이 들기도 하고, 그로 인해 사람들이 이유 없이 미워지기도 한다. 사람이 미워지면 세상도 싫어지고 그런 마음으로 인해 볼썽사나운 사람이 되어버린다. 사람 몸을 해치는 가장 안 좋은 것은 술도 아니고, 패스트푸드도 아니다. 나쁜 생각이 몸을 해치는 것이다. 그러므로 내게 쌓인 나쁜 생각을 버리기 위해 생각을 소화를 시키기로 했다.
나를 위해서.

이곳에서는 새벽 4시만 되어도 아침 같았다. 해가 중천으로 올라 간 것도 아닌데 천국처럼 환했다. 어찌 움직이지 않고 햇빛을 배신할 수 있을까. 나는 하는 수 없이 아침이면 매일 숲으로 산책을 나섰다. 벌떡 일어나 재빠르게 양치를 하고 새들의 노래를 들으러 약국이라 불리는 산으로 향했다.

리조트 건물 사이를 비집고 옷과 가방 따위를 파는 상인들이 섰다. 어른들 틈에서 이른 새벽부터 한 아이가 옷을 정리하고 있었다. 기특하기도 하고, 갸륵하기도 해서 아이에게 말을 걸었다.

"벌써 장사를 해?"
"아니. 운동 가려고."
"근데 왜 여기에 있어?"
"네가 아침마다 운동을 가길래."
"근데?"
"같이 가려고."
"나랑?"
"응. 내가 정말 좋은 코스를 알려 줄게."

잠시 동안 망설이며 의심의 눈초리로 사내아이를 훑어봤다. 하지만 그의 눈에서는 나쁜 기운은 전혀 느껴지지 않았다. 아이와 함께 나섰다. 산속에는 마을 사람들이 만들어 놓은 길이 있었고, 그 안쪽에는 바다를 바라보게 지은 집들이 드문드문

자리하고 있었다. 나는 아이를 따라 바다와 집 사이를 걸었다. 소들이 바다를 보며 풀을 뜯는 사이, 이름 모를 새가 소 등에 앉기도 했다.

사내아이는 자신의 이름을 '바샤'라고 했다. '빠샤?' 하고 되묻자, 그는 수줍어하며 '바샤'라고 정정했다.

"빠샤, 힘들어. 얼마나 더 갈 거야?"

"그럼 이제 내려가서 바다를 걷자."

"바다로 내려가기까지 너무 힘들지 않을까?"

"아니야. 조금만 더 가면 길이 나와."

감쪽같이 쉬운 길이 마법처럼 나타나 우리를 단시간에 바다에 내려놓았다.

"빠샤, 조금만 쉬자."

"바샤라니까."

우리는 바다를 바라보며 산잔등에 기대어 숨을 골랐다.

"넌 몇 살이야?"

"열여섯 살이야. 다 컸지."

"뭘 다 커! 쪼그만게."

"넌?"

"너보다 훨씬 많거든! 한국에서는 숙녀에게 나이를 묻지 않아."

"미안."

바샤는 얼굴을 붉히며 대답했다. 나는 그 모습에 또 웃음이 났다.

"근데, 내가 매일 아침 산책 나가는 건 어떻게 알았어?"
"나도 매일 아침 산책을 하니까."
"정말? 매일?"
 나는 의심스럽다는 듯 장난스레 물었다.
"정말이야. 일 시작할 때부터 쭉."
 바샤는 내가 무안할 정도로 한 치의 망설임도 없이 대답했다.
"일 시작할 때부터?"
"응. 네가 묵는 리조트 앞에서 일한 지 8년 됐어."
"열여섯 살이라며?
"응."
"아……."

그러고 보니 어제 리조트 앞에서 옷을 샀었다. 이천 원짜리 원피스 하나를 팔고선 너무 기뻐하던 아이. 그 아이가 바로 바샤였다.

돌아오는 길은 왔던 길을 그대로 되돌아가면 되었다. 정말 기가 막힌 코스다. 산을 걸을 때는 바다가 보였는데, 바다를 걸으니 산이 보인다. 만일 우리가 제대로 앞을 보고 걷는다면, 절망에 놓인 사람일지라도 희망을 볼 수 있을 테지.

아무 생각도 하지 않는 것만큼 어려운 것도 없더라.
영화를 보거나 책을 읽을 때도 생각이 멈추지 않는다.
특히 일을 하지 않는 순간에는 수많은 잡념들이
머릿속을 뛰어다닌다.
돈, 실수 혹은 맛있는 것들.

– 2010.봄

눈을 감고

아유르베다 치료에는 요가와 명상이 포함되어 있다. 물론 그것은 선택 사항이지만, 그곳에서 책을 읽거나 바다를 보는 일 말고는 딱히 할 일이 없었던 탓에 열 권도 넘게 가지고 온 책은 이미 다 읽어버렸고, 매일 아침 일찍 산책을 하고 돌아와서도 특별히 할 일이 없었기에 요가 수업에 참여하기로 했다.

요가의 기본은 호흡이다. 몸속 구석구석까지 숨을 들이마셨다가 다시 내보내기를 반복하며 여러 동작을 취했다. 가끔은 미동도 하지 않은 채 가만히 있기도 했다. 요가 선생님이 말하길, 명상은 일단 가부좌를 틀고 앉아 있는 것이 기본이란다.

"그 다음엔 뭘 하죠?"
선생님 말에 따라 가부좌를 틀고 앉은 채로 물었다.
"다 앉았나요?"
"네?"
"몸도 생각도 전부 이곳에 있나요?"

명상은 자고로 몸과 마음이 한곳에 앉아 있는 것에서 출발한

다고 했다. 생각이 다른 곳으로 도망치려 하면 다시 데려다가
앉히라고. 그 말에 하는 수 없이 몇 시간 동안을 앉아 있었다.
선생님 말처럼 생각은 끊임없이 도망을 가려했다. 끝나버린 사
랑에게 가는 걸 붙잡아 다시 앉히고, 배신했던 사람에게 가는
걸 붙잡고, 자의식이 사라진 내게 다가오는 잡념을 떨쳐냈다.
수없이 반복하고 나서야 선생님은 지겨우면 머리부터 발끝까
지 하나씩 이름을 부르며 그곳으로 숨을 보내라고 했다. 매일
매일 가부좌를 틀고 앉아 도망가는 생각의 발목을 붙잡고 힘
겨운 숨을 쉬었다.

인도에 머문 지 32일 후, 생리를 시작했다. 이후에도 정확히 32
일이 지나자 생리가 시작됐다. 내 인생 처음으로 규칙적인 생리
를 한 것이다. 불규칙적인 생리로 산부인과를 찾은 적도 있었
다. 어떤 의사는 내게 호르몬 약을 먹을 것을 권했고, 어떤 의
사는 의학적으로 10개월에 한 번만 해도 여자로 살아가는 데
는 크게 문제될 것이 없다며 안심을 시키기도 했다. 하지만 호
르몬 약은 나를 예민하게 만들었고, 피부 트러블이 끊이지 않
았다. 결국 약 먹는 것을 포기해야 했다. 하지만 약을 끊으면
생리도 멈췄고, 몸이 붓거나 무거워졌으며, 신경은 덩달아 날
카로워졌다. 그런데 가부좌를 틀고 바다 앞에 앉자, 생각이 씹
히고 소화가 되어 숨을 쉴 수 있게 된 것이다. 그리고 깨달았다.
호흡은 요가의 기본이 아니라, 살아 있는 모든 것들의 기본이
라는 사실을.

열 망

꿈을 꿨다. 꿈속에서 열망에 불타올랐다. 이미 아문 과거의 상처와 아름다웠던 기억을 뒤로 하고 이제 내게 남은 것은 열망하는 꿈뿐이었다.

나비 한 마리가 바다 위를 날아간다. 작은 날갯짓으로 드넓은 바다를 가로질러 간다. 나비는 어느새 새가 된다. 더 빠르게 점점 더 높이 점점 더 멀리, 뒤도 돌아보지 않고 날아가는 새는 하얀 점이 되었다. 내가 되었다.

긴 여행을 마치고 일상으로 돌아와 다시 현장으로 향한다. 어느새 인생에서 가장 많은 대화를 주고받는 사람들은 엄마도 언니도 아닌, 함께 영화를 만들어 가는 동료 배우, 감독, 스태프들이다. 어릴 땐 그들이 무섭고, 어울리기 힘든 존재라고 여겼던 적도 있었는데, 세월이 지나고 보니 그들 역시 나와 다르지 않은 평범한 사람들이라는 것을 알았다. 그래서일까. 이제는 현장으로 가는 길이 편하다.

오전 6시까지 오라는 연출부의 부름을 받고 새벽 4시에 일어나 샤워를 하고 목소리를 가다듬으며 현장으로 향했다. 해는 아직 잠들어 있다. 모든 촬영은 기다림의 예술이라는 말이 있다. 현장의 상황, 상대 배우의 스케줄, 날씨, 장소 섭외 등 촬영하는 시간보다 기다리거나 준비하는 시간이 더 길기 때문이다. 오랜 기다림 끝에 비로소 얻을 수 있는 하나의 작품. 그러므로 우리도 해가 뜨기를 기다린다.

드디어 해가 떴다. 모두들 분주하다. 해가 지기 전까지 찍어야 할 분량이 산더미다. 하지만 야속한 구름은 철새처럼 몰려들어 해를 가리고 촬영을 방해한다. 다시 긴긴 기다림이 시작되었다.

배우 생활을 하며 촬영장에서 십 년을 보냈다. 그중 절반은 현장에서 기다리며 보낸 시간과 다음 영화를 기다리는 시간으로 채워졌다. 기다리는 시간을 어떻게 보내느냐에 따라서 배우의 연기는 달라진다고 믿는다. 그 시간이 나를 만들어 간다는 것을 알게 되었으니까. 결국 기다림이야말로 진짜 인생이 아닐까.

RC

감정의 충실함

오래 전 일이다. 오디션을 보러 가는 길에 버스를 한참이나 기다리고 있었다. 11시까지 가야 하는데, 시곗바늘은 벌써 10시 30분을 가리키고 있었다. 버스는 여전히 감감무소식이었다. 다행히 거리는 멀지 않았기에 택시를 탈까 하고 주머니를 뒤졌다. 주머니에서 사천이백 원이 나왔다. 택시를 타야 하나 고민하는 사이 길가에 트럭 한 대가 멈추어섰다. 전병과자를 실은 트럭이었다. 때마침 배는 밥을 달라고 울어대기 시작했다.

"얼마예요?"
"삼천 원."
"이천 원짜리는 없어요?"
"없는데."
"그럼 이천 원에 주시면 안 돼요?"
나는 마음을 졸이는데 아저씨는 웃으며 대답한다.
"내가 왜?"
"버스가 안 와서요."
"근데?"
"택시를 타야 하잖아요."

“그럼 과자를 못 먹는 거지.”
“먹고 싶단 말이에요.”

순간 날 구원해 주는 기사처럼 저 멀리 버스가 보였다.
“아저씨, 아저씨, 그냥 주세요. 삼천 원짜리 주세요!”
버스가 섰다.
“아저씨, 빨리요.”
“뭘로 줄까?”
“몰라요. 아, 아니, 저거요.”

버스가 날 놓고 갈까봐 정신없이 뛰었다. 버스에 올라 손을 펴
보니 이천 원이 없었다. 과자는 분명 삼천 원이라고 했는데, 과
자 아저씨는 이천 원만 받은 모양이었다. 나는 깜짝 놀라 차창
너머로 아저씨를 돌아봤다. 아저씨는 넉넉한 미소를 한껏 지으
며 손을 흔들었다. 그렇게 인심 좋은 전병 한 봉지가 내 품에
안겼다.

다행히 오디션 시간에 늦지 않고 도착했다. 대기실에 앉아 품
에 든 과자를 먹어도 될까 고민을 하다 배고픔을 참지 못하고
과자 봉지를 뜯었다. 너무 맛있었다. 그때 대기실로 젊은 남자
가 들어왔다.

“대사 읽어야 하는데, 뭘 먹니?”
“좀 드실래요?”

"맛있니?"

"네."

혼자 먹기가 미안해 하나를 집어 눈앞의 남자 손에 쥐어줬다.
그리고는 다시 우걱우걱.

여섯 달 후, 오디션 장에서 만난 젊은 남자와 재회했다. 감독과
배우로서.

"감독님, 절 왜 뽑으셨어요?"

"네가 감정에 충실한 아이 같아서."

"그걸 어떻게 알았어요?"

"전병이 맛있더라구."

잘 차려진 값비싼 음식보다 정성 가득한 엄마요리를 먹는 게
좋다. 기계음 가득한 음악보다 따뜻한 사람의 연주가 좋다. 눈
을 혹사시키는 현란한 영화보다 공감 가는 대사 한 마디가 들
리면 그 영화는 오래도록 기억에 남았다. 나는 왜 연기를 잘하
려고만 했을까. 그저 감정에 충실하면 되는 거였는데. 나는 참
바보 같은 배우였구나.

편 지

초등학교 4학년부터 지금까지 나는 줄곧 일기를 써왔다. 초등학교 때 쓴 일기를 읽고 있노라면 더없이 기쁠 때가 있다. 내게도 맑디맑은 시절이 있었음이 이렇게 증거로 남겨진 것 같아서. 일기는 어리석은 기억으로 빛바랜 추억을 곱게 색칠 해 준다. 지나간 것들을 한 순간 되돌려 주기도 한다. 말로 하면 구차해지는 것들도 글로 보면 마음이 움직이기도 한다. 온기가 생기면서 뭉클함이 전해져 온다.

이렇게 쓴 글을 다른 사람에게 보내면 곧 편지가 된다. 편지를 받고 따뜻함을 느끼지 않은 순간은 한번도 없다. 나도 누군가에게 따뜻한 사람이 되고 싶다. 그럴 때면 편지를 쓴다. 가끔은 친구에게, 가끔은 가족에게.

U.S.
MAIL
APPROVED BY THE
POSTMASTER GENERAL

흰 머 리

3, 4년 전부터 흰머리가 솔솔 나기 시작하더니 지금은 백 개쯤 보인다. 처음에 발견할 당시에는 새치인가 보다 했는데, 점점 많이 나는 걸 보니 흰머리라고 인정하게 되었다. 희끗희끗한 머리가 보기 싫어 2주마다 염색도 해보았지만, 이내 지쳐버렸다. 주인이 죽고 시름시름 앓다가 백발 강아지가 되어서 죽었다는 이야기나 먼저 보낸 남편이 그리워 하루 사이 백발이 되었다는 아내의 이야기처럼 결국 마음 쓰는 일이 많을수록 흰머리도 늘어나는 건지도 모르겠다. 그러고 보니, 흰머리가 막 나기 시작하던 무렵 마음고생을 참 많이 했던 것도 같다.

아! 요가 책에서 읽었던 물구나무자세가 기억이 난다. 흰머리에 도움이 된다고 했던 것 같은데, 나도 매일 해볼까. 하지만 곧 나는 이유를 묻는다. 흰머리를 검은머리로 바꾸려고 하는 이유는 뭘까? 보기 흉해서? 나이 들어 보일까봐? 곰곰이 생각해 보았다. 며칠이 지나도록 답을 찾지 못하다가 결국 한 가지를 깨달았다. 거울을 보며 흰머리가 난 자신을 불쌍하게 여기고 동정을 하는 것은 결국 나 자신이었다는 사실을. 남들도 나를 그렇게 동정할까봐 걱정이 되었나 보다. 생각해 보면 다 쓸데없는 걱정이거늘. 오히려 내 머리에서 흰머리를 발견하고는 동지애를 느끼는 이들도 있을 텐데 말이다. 실제로 나는 젊은 나이에 흰머리가 나는 사람을 보면 동지애를 느낀다.

Fresh
Fish
TRIANA
TAVERNA

보물찾기

어른들은 뭔가를 숨기는 데 선수다. 나는 언제쯤 어른이 될 수 있을까? 감정을 숨기지 못하고 다 드러내는 자신에게 화가 난 적도 여러 번 있었다. 스스로 허점을 보이는 듯 했으니까. 그러고 나면 자신감도 없어지고, 말이나 표정을 컨트롤해서 허점이 보이지 않는 사람이 무척 부러웠다. 그것이 곧 세상을 살아가는 요령이라고 자신을 타이르며 그리 되려고 했던 적도 있었다. 하지만 역시 나는 그런 데는 소질이 없는 모양이다.

어느 날 '요령 좋은 사람'과 '그저 좋은 사람'을 알게 되었다. 처음엔 두 사람 모두 좋아하고 금세 따랐다. 나는 여전히 허점투성이였고, 가끔은 투정도 부리고 울기도 잘하는 연약한 존재였다. 게다가 술을 마시면 아픈 과거나 속내도 술술 풀어놓곤 했다.
그런데 희한한 점은 요령 좋은 사람 앞에서는 그리 되지 않더라는 거다. 자연스레 나도 감추는 법을 터득한 것이다. 그러다 보니 관계를 더 이상 발전시킬 수 없었다. 그 사람 앞에서는 나도 허술하지 않은 사람이었고, 그 역시 그렇게 행동했다. 뭔가를 잘 숨기고, 꺼내야 할 것만 꺼내는 어른들만의 기술은 알고 보면 아무것도 아니다. 어쩌면 금방 배울 수 있는 것인지도 모른다. 주변에 그런 사람들이 득실거린다면 더 자연스럽게 그런 부류의 사람이 될 수 있다.

그렇지만 좋은 사람은 나의 허점만큼 좋은 점도 잘 찾아준다. 단점에 가린 장점은 정말 찾기 힘든 건데 말이다. 그래서 좋은 사람을 만나면 더 노력하게 된다. 그 사람에게는 나도 좋은 사람이 되고 싶으니까. 어쩌다 허점이 보여도 굳이 창피해 할 필요도 없다. 그냥 나는 그런 사람이니까. 부족한 점이 많지만, 여전히 좋은 사람으로 내 근처에 머물러 주는 사람은 그래서 더욱 의미 있다. 그저 옆에 있다는 것만으로 많은 것을 느끼게 한다.

혼 잣 말

어떤 배우가 되고 싶냐고요?
어떤 배우보다는 그냥 배우이고 싶어요.
어떤 배우가 되겠다고 애쓰고 싶지 않아요.
몸에 어떤 특징도 갖고 싶지 않아요.

체조선수나 발레리나의 몸을 보면 멋지지만, 그런 몸으로 연기
한다면, 캐릭터에 제약이 생길 수도 있으니까요. 단지 그런 몸
을 갖고 있지 않기 때문에 하는 말은 아니에요.

키도 그래요. 크지도 작지도 않아서 다행이에요. 너무 예쁘지
도 너무 못나지도 않은 얼굴이 좋아요. 언제든지 누구로 나와
도 될 만큼 잘 잊히는 얼굴이되, 눈빛만은 기억에 남아 다시
보고 싶은 사람이 되고 싶어요. 단지 동작 하나가 뇌리에 남아
자꾸만 생각나는 사람이고 싶어요. 연기가 보이는 배우보다는
자연스레 그 사람으로 보이는 배우이고 싶어요.

그런 배우이고 싶어요.

기 다 림

흙에서 새싹이 뚫고 나오는 걸 보고 있노라면, 여린 그들이 더없이 반갑다. 보호하고 아껴주고 싶은 마음에 매일 얼굴을 마주하며 물 뿌리기에 여념이 없다. 어린 식물이 자라서 제 모양을 갖기까지는 꽤 긴 시간이 필요하다는 걸 알지만, 얼른 자라서 멋진 나무가 되었으면 하고 은근히 재촉한다.

배우 역시 그렇다. 좋은 배우로 성장하기 위해서는 충분한 시간을 갖고 성장통을 견뎌야 한다. 내가 보아온 몇몇의 배우들은 고맙게도 그런 고독하고도 외로운 시간들을 잘 보내 주었다. 어리석게도 아직 다 자라지 않은 나무에게 울창한 숲을 기대하는 사람들도 있지만, 묵묵히 자기만의 시간을 견뎌내 주었다.

다만, 아직 자라고 있을 때는 물을 너무 많이 마시지 말자.
뿌리가 썩을지도 모르니.
다만, 사람들의 말을 다 듣지는 말자.
양분도 넘치면 독이 될 테니.

시간이 지나야 비로소 보이는 것. 더럽혀져야 비로소 보이는 것.
진짜 그 사람. 그리고 그 사람의 최종적인 얼굴.

Vivre sa vie

비브르 사 비

초판 1쇄 발행 2013년 8월 1일
초판 7쇄 발행 2019년 6월 24일

지은이   윤진서
펴낸이   정상우
편집   이민정
관리   남영애 김명희
디자인   디자인스튜디오 203

펴낸곳   그책
출판등록   2008년 7월 2일 제322-2008-000143호
주소   서울시 마포구 동교로13길 34(04003)
전화번호   02-333-3705
팩스   02-333-3745
facebook.com/thatbook.kr
instagram.com/that_book

ISBN   978-89-94040-41-7 03810

그책은 (주)오픈하우스의 문학·예술 브랜드입니다.

• 이 도서의 국립중앙도서관 출판시도서목록(CIP)은 서지정보유통지원시스템 홈페이지
  (http://seoji.nl.go.kr)와 국가자료공동목록시스템(http://www.nl.go.kr/kolisnet)에서
  이용하실 수 있습니다.(CIP제어번호: CIP2013010948)